LES
DEUX MÈRES

Montmartre. —Imp. PILLOY

LES
DEUX MÈRES

PAR HENRI DE KOCK,

SUIVI DE

ROSE ET BLEUE

PAR OCTAVE FÉRÉ.

PARIS

HIPPOLYTE BOISGARD, ÉDITEUR

13, RUE SUGER.

Se vend chez MM. MALMENAYDE et de RIBEROLLES, rue du Pont-de-Lodi, 5.

Et chez M. HAVARD, rue Guénégaud, 15.

1854

LES

DEUX MÈRES

PAR HENRI DE KOCK

SUIVI DE

ROSE ET BLEUE

PAR OCTAVE FÉRÉ.

PARIS

HIPPOLYTE BOISGARD, ÉDITEUR

13, RUE SERPENTE.

Se vendent MM. MARTINON et de BIBLIOLLES, rue du Pont-de-Lodi, 5.

Et chez M. HAVARD, rue Guénégaud, 17

1854

Et pourtant ils se faisaient des adieux éternels. — Page 1, col. 2.

DEUX MÈRES

PAR HÉNRI DE KOCK

I

LE DÉPART D'UNE AMIE

Il existe dans la basse Bretagne, entre Quimper et Rosporden, et voisin d'une forêt assez considérable, la forêt de Pluven, il existe, disons-nous, un petit village nommé Saint-Ivry, près duquel le voyageur, plus ou moins vite entraîné, passe sans seulement y jeter un regard.

C'est que Saint-Ivry n'a, en effet, rien qui appelle l'attention. C'est un assemblage de chaumières, un hameau, dans toute l'acception du terme, que ses habitants, — de pauvres agriculteurs, — ne songent guère à rendre ni soigné, ni coquet, tout occupés d'abord qu'ils sont à travailler pour vivre, ou plutôt, pour ne pas mourir.

Or, par une soirée de septembre 1838, il se passait, dans une des chaumières de Saint-Ivry, une scène assez triste.

Les personnages de cette scène étaient Christian Kerneis, sa mère, Catherine Kerneis, et une jeune fille, Louise Daniélau.

Louise partait dans une heure pour Rosporden et de là elle devait se rendre, par la diligence, à Paris.

Louise aimait Christian, Christian aimait Louise... et pourtant ils se faisaient des adieux... éternels, peut-être.

Ce soir-là le temps était magnifique, l'air chaud et embaumé des parfums de la forêt, le ciel parsemé d'étoiles. Assise sur un banc de bois, à la porte de la chaumière, Catherine Kerneis contemplait d'un œil humide, son fils et la jeune fille dans les bras l'un de l'autre et pleurant tous les deux.

—Adieu donc, Christian, murmurait Louise, à travers ses larmes, tu n'as pas voulu du bonheur avec moi, tu as eu peur de l'avenir... Adieu! Qui sait si tu me reverras jamais!... Oh! va! je te pardonne, tout en souffrant bien de me laisser partir... Je te connais... je sais ce qui t'a forcé à répondre non, quand ma mère t'a dit : « Christian, veux-tu la main de ma fille? » Pauvre ami! cette instruction, cette intelligence qui t'élèvent au-dessus de tous ceux du village... c'est à elles pourtant que nous devons notre chagrin... Tu ne rougis pas des gens qui t'entourent, tu ne dédaignes point le travail si rude qui te fait gagner ton pain et celui de ta mère... Mais ta pensée s'éloigne sans cesse de ce pays qui t'a vu naître... et trop pauvre pour suivre ta pensée, trop attaché à ta bonne mère, pour te séparer d'elle, tu as le triste courage de refuser ici un bonheur bien calme, bien délicieux... — il m'eût semblé ainsi, du moins! — pour conserver là-bas, intacts, tes rêves, tes désirs...

Encore une fois je te pardonne, Christian. C'est toi qui m'as faite ce que je suis, c'est-à-dire un peu moins ignorante que mes compagnes... et je te remercie des peines que tu t'es données pour moi... tes leçons me serviront sans doute à Paris... dans cette ville où je vais malgré moi... pour laquelle, toi, tu serais si radieux de partir... Adieu... je ne serai pas ta femme, puisque tu ne le veux pas... mais, je ne serai pas non plus la femme d'un autre, je te le jure!... Si cela peut te consoler de tes larmes et des miennes, crois cette promesse! Adieu! je t'écrirai souvent... tu me donneras aussi quelquefois de tes nouvelles, n'est-ce pas? Ne m'oublie pas! je t'aimerai toujours!

Et là-dessus la jeune fille se dégagea doucement de l'étreinte du jeune homme. Ils se regardèrent un instant, immobiles, en face l'un de l'autre, les yeux voilés de pleurs. Puis elle fit un pas en avant... Il étendit la main comme pour la retenir; et la pauvre enfant tressaillit d'espoir, et ses traits s'illuminèrent d'une joie immense.

Mais tout aussitôt Christian, dont la physionomie s'était empreinte un instant d'incertitude, secoua résolûment la tête et laissa retomber sa main.

Et Louise poussa un sanglot étouffé et s'enfuit sans regarder derrière elle, sans répondre à Catherine Kerneis qui l'appelait.

Christian la suivit des yeux aussi longtemps que l'ombre du soir le lui permit. Quand elle eut disparu, il se prit, à son tour, à pleurer à sanglots en se cachant le visage dans les mains.

—Pourquoi pleures-tu, Christian? fit alors une voix à son oreille; n'est-ce pas toi qui as voulu qu'elle partît?... Tu ne la retiens pas et tu pleures... À quoi bon? N'as-tu pas préféré tes chimères à son amour? Va, maintenant, te renfermer avec tes livres ou bien rêver jusqu'au milieu de la nuit sur la lisière de la forêt. Tu me diras dans quelque temps, si les livres et tes rêveries valent le sacrifice du cœur de Louise.

Christian, à ces paroles, se découvrit les yeux. C'était Catherine Kerneis, c'était sa mère qui lui parlait ainsi.

—Oh! ma mère! fit-il en lui jetant un regard désolé.

La vieille paysanne ne sut pas résister à ce reproche tacite de cruauté. Elle s'avança vivement vers son fils; elle lui prit les mains et s'écria d'un ton, cette fois craintif, et non plus grondeur:

—Eh bien! non! mon Christian, non!... j'ai tort! Tu sais ce qu'il faut faire, toi! et je ne suis qu'une folle... Si tu n'as pas voulu épouser Louise, c'est que tu ne le devais pas... La pauvre enfant, mon Dieu! en la voyant partir ainsi, cela m'a fait tant de mal!... Allons, Christian, tu l'oublieras, mon cher garçon, tu...

— L'oublier! interrompit Christian en serrant avec force sa mère contre son sein; non, je n'oublierai jamais Louise, ma mère, pas plus que je ne cesserai de vous aimer, de vous consacrer ma vie... Mais je préfère son bonheur loin de moi à une misère commune... Je préfère rester seul, seul avec vous, que d'amener, en l'appelant, elle et sa mère, chez nous, le malheur sur notre toit. Pour nous deux, bonne mère, il y en aura toujours assez... Vous ne

souffrirez pas de la faim, parce que, par ma négligence, par ma paresse, peut-être, nos récoltes de seigle ou de sarrasin, ma pêche ou ma chasse auront été moins abondantes qu'elles auraient pu l'être... Vous irez, sans me prévenir, emprunter, au besoin, à quelque ami... et on ne vous refusera pas... On sait que nous avons du cœur et que les services qu'on rend à sa mère, Christian, quoiqu'on le dise un peu fier, sait les payer au centuple.

Mais si nous étions quatre... si, bientôt...

Et ici un pâle sourire effleura les lèvres de Christian.

—Si bientôt... notre famille s'augmentait encore! que deviendrions-nous? Quand, du matin au soir, j'arroserais de mes sueurs le peu de terre que nous possédons, parviendrais-je jamais, alors, à y trouver assez de pain pour tous?

Et puis... — L'œil du jeune paysan devint sombre, —si je consens, ma mère, à refouler au fond de mon âme l'ambition, les désirs qui la dévorent, qui me dit qu'en face de mes enfants je ne pleurerais pas de rage et de désespoir de n'avoir à leur donner pour héritage que la misère,.. et le nom... d'un paysan...

—Mais ce nom est sans tache, mon fils, s'écria Catherine avec quelque fierté, et il y en a peut-être beaucoup, dans les grandes villes, qui n'en laissent pas autant à leurs enfants.

Christian sourit encore de son même sourire.

—Vous ne me comprenez pas, ma mère, reprit-il doucement, et vous ne pouvez me comprendre.

—Si fait, si fait! murmura la vieille femme, mon cher enfant, je comprends très-bien... que... si je n'étais pas là... tu pourrais aller où il te plairait, et...

Catherine n'acheva pas. Son fils lui couvrait le front de baisers.

—Ma mère, ma mère! s'écriait-il dans un pieux emportement, qu'alliez-vous dire? Oh! taisez-vous taisez-vous!... Est-ce bien vous qui me parlez ainsi? Quoi! parce que j'aurai préféré ma tranquillité, la vôtre, à ma manière, vous vous croirez en droit de douter de moi... oh! c'est mal! c'est mal! Ne vous êtes-vous pas trompée, ma mère? Est-ce bien à votre Christian que vous venez de dire qu'il serait plus heureux si vous n'étiez plus là?

Catherine, sans répondre à cette question, serra fortement la main de Christian dans la sienne.

Puis elle le prit par le bras en disant:

—Allons, il est tard, rentrons. *Elle* est en route, maintenant. Au fait, tu as sans doute raison, puisque sa tante lui a écrit de Paris, qu'elle avait une si bonne place pour elle. Il faut se féliciter... Cette chère petite; c'est son bien, son bonheur, qu'elle trouvera là-bas; rentrons. Tu sais? tu as à battre les seigles demain; il faut te coucher bien vite pour te lever plus tôt. Viens, mon bon Christian, viens! Nous la reverrons un jour, ou, qui sait? ma foi! le hasard! un jour peut-être, toi aussi... Oh! oh! ne te fâche pas! ne peux-tu donc aller à Paris sans que pour cela je sois morte? Dieu est si bon, mon ami, et il aime tant les fils qui chérissent leur mère!

—Prions-le donc ce soir pour que Louise fasse un bon voyage, le voulez-vous?

—Oui, cher garçon; et je le prierai en même temps pour toi; je n'y manque pas chaque soir; mais, en ce moment, je ne sais pourquoi, il me semble que je l'invoquerai avec plus de ferveur que de coutume.

La porte de la chaumière se referma sur la mère et le fils.

Une demi-heure après Catherine dormait souriante et joyeuse. Elle voyait son fils à Paris, riche, fêté, heureux.

Christian, lui, ne dormit pas de la nuit. Il pensa beaucoup à Louise et un peu à Paris.

II

UNE RENCONTRE

Deux mois s'étaient passés depuis le départ de Louise Daniélau. La jeune fille avait déjà écrit plusieurs fois à son amant, et chacune de ses lettres avait obtenu une réponse affectueuse. Louise était placée par les soins de sa tante dans l'atelier d'une couturière en renom, qui la traitait avec la plus grande bonté, avec la plus charmante indulgence pour ses gaucheries, son inexpérience..... Elle se trouvait parfaitement *heureuse*, assurait-elle,... — et Christian, en lisant à sa mère et à la vieille Daniélau les lettres de Louise, ralentissait toujours en soupirant, aux passages où il était question de *bien-être*, *de bonheur*. Il comprenait, qu'en écrivant ces mensonges, la main de la jeune fille avait tremblé. Pouvait-elle être heureuse loin de sa mère, loin de son amant, loin de son village?

Dans ses réponses, lui, Christian, demandait sans cesse à Louise des détails sur Paris... cette ville si grande, si magnifique qu'il ne connaissait que d'après des gravures et des livres... Mais Louise, en dépit des sollicitations de son amant, évitait de satisfaire à ses curieuses demandes. On eût pu croire qu'elle vivait au fond d'un couvent : elle n'avait rien vu encore, disait-elle, de bien extraordinaire dans ce Paris si vanté ... Plus tard, peut-être, aurait-elle quelque chose d'intéressant à conter; pour le moment, les maisons et les habitants de Paris lui paraissaient presque semblables aux maisons et aux habitants de Saint-Ivry..... sauf que les premières étaient plus grandes et plus hautes... et les seconds mieux habillés.

Et Christian soupirait encore, mais en souriant alors devant ces naïves ruses de sa maîtresse. Il voyait bien qu'elle poussait la générosité de l'amour jusqu'à ne point admirer un trésor qu'elle possédait sans lui.

Par une belle matinée d'automne, Christian, son fusil sur l'épaule, son chien, — Carlo, — à quelques pas en avant de lui, — venait d'entrer dans la forêt que novembre commençait à rendre chauve et triste. Christian avait promis à sa mère de lui rapporter quelques pièces de gibier pour le dîner; mais oublieux de sa promesse, il marchait au hasard sur les feuilles jaunes et sèches, sans se soucier des lièvres ni des lapins face à face avec lesquels il pouvait se rencontrer, Christian rêvait, comme d'ordinaire. Il songeait à Louise qu'il aimait tant... et qu'il avait laissée partir;... il songeait à Paris,... puis il se rappelait son enfance... son vieux professeur,... ce brave maître d'école, qui avait fui Paris, lui, pour venir mourir tranquillement dans un pauvre village breton... Il se souvenait encore de ces paroles que lui répétait souvent son père en le voyant passer les dimanches à lire et à écrire :

« A quoi cela te servira-t-il, garçon, de devenir si savant? M. Robert te gâte; quand tu en sauras plus que nous, tu te déplairas avec nous. »

Et Christian, à ce souvenir, se disait que son père avait eu raison; que M. Robert, en développant son intelligence, en lui donnant une instruction au-dessus de sa position, lui avait réellement rendu un mauvais service.

M. Robert eût pu répondre à ce moment à Christian, si M. Robert eût encore été de ce monde :

— Il est injuste à vous de me reprocher mes bienfaits. Je vous ai trouvé des dispositions à apprendre; je les ai cultivées; est-ce ma faute si parce que vous êtes plus instruit que ceux qui vous entourent, vous êtes assez fou pour devenir ambitieux? Les lumières que je vous ai données devaient servir à vous reposer de vos fatigues, et non à vous créer des peines. Vous avez fait un mauvais usage de votre science : prenez-vous-en donc à vous seul de vos ennuis.

Mais M. Robert était mort, et Christian, tout en ne se dissimulant pas le danger de sa conduite, n'en continuait pas moins de se bâtir des châteaux en Espagne, que la réflexion, — cette *bande noire*, ennemie des esprits imaginatifs, — démolissait aussitôt. Christian se promenait donc pensif dans la forêt de Pluven, lorsqu'un jappement sourd de Carlo vint rappeler notre jeune paysan à lui-même. Quoique rêveur par habitude, Christian n'en était pas moins chasseur par goût. L'appel de son chien frappa son oreille; il releva la tête, et aperçut Carlo en arrêt devant un buisson de mûriers sauvages. Il arma son fusil; Carlo répondit par une manifestation joyeuse de la queue au tictac de la gachette, et s'avança sur le buisson, et presque aussitôt un levraut d'encolure fort convenable partit à travers bois.

Une seconde après le susdit levraut roulait sur l'herbe, frappé d'un coup mortel.

—Bien tiré! parbleu! bien tiré! s'écria-t-on au même instant à quelques pas de Christian.

Christian se retourna : cette voix lui était inconnue. Il aperçut à sa droite un homme d'une cinquantaine d'années, de taille moyenne, revêtu d'une longue redingote et d'un chapeau rond, et qui faisait diligence pour arriver en même temps que notre chasseur au-devant de Carlo portant le levraut dans sa gueule.

—Oui, ma foi, reprit l'étranger en accueillant d'un sourire le regard étonné de Christian; je vous promets, jeune homme, que je n'aurais pas mieux fait... au temps où je me servais—pas trop mal, pourtant, assurait-on,—de l'instrument que vous tenez à la main. J'avais le coup d'œil juste, l'esprit calme,—car il ne faut pas s'emporter, pour bien chasser, n'est-il pas vrai?—et j'abattais mon lièvre ou mon faisan à cent pas sans me gêner...

—Encore une fois...

Et, ce disant, l'individu à la redingote s'empara du levraut, en dépit de la mauvaise volonté que mit Carlo à lâcher sa proie.

—Encore une fois, je vous félicite! Peste! mon gaillard n'a pas eu le temps de dire *amen*... Il a reçu son affaire en plein râble.

Et en abattez-vous ainsi autant qu'il vous plaît?

A cette question—qui lui permettait enfin de placer un mot à travers les nombreux éloges dont on venait de le combler, — Christian sourit à son tour.

—Dans nos campagnes, monsieur, répondit-il, on rencontre, pour la chasse, moins d'obstacles qu'autour des grandes villes. Cependant, quand les gendarmes de Quimper ou de Rosporden battent les champs et les bois, il est prudent à nous de ne pas trop faire parade de nos fusils.... Au surplus, nous n'abusons point de la permission tacite qu'on semble nous donner, et c'est peut-être à cela que nous devons de ne pas être inquiétés.

—A la bonne heure! fit l'étranger. La loi qui défend la chasse sans autorisation est stupide à mon avis!... Quoi de plus naturel, en effet, que de chercher à augmenter sa table des biens que Dieu semble avoir mis à la disposition de tous! On habite près d'une forêt, on voit en se promenant un lièvre, un perdreau, un lapin courir devant soi sous les arbres; la première pensée qui vous vient alors est certes de chercher à se procurer ce lapin, ce perdreau ou ce lièvre pour s'en régaler, en l'arrosant gaiement d'une bonne bouteille de vin qu'on ira chercher sous les fagots. Si donc on possède un fusil, on tue l'animal ou on essaye. Si l'on n'a pas de fusil, on s'occupe de s'en procurer un le lendemain. Au diable les lois en certains cas! Si l'on voulait toujours courber la tête devant elles il faudrait aussi renoncer au plaisir de se promener dans les bois, dans les champs ou le long des rivières, pour éviter la tentation.

Mais je raisonne à ma manière—et elle est peut-être mauvaise, ma manière, au point de vue légal, n'est-il pas vrai, jeune homme?—et je vous retiens en cet endroit malgré vous... Qui sait même, si vous ne seriez pas très-disposé à me demander de quel droit je me suis permis de louer votre fait d'armes et de toucher à ce qui est devenu—depuis cinq minutes—votre propriété?

—Vous auriez tort, monsieur, de vous créer une opinion pareille à propos de ce que je considère, au contraire, comme une politesse de votre part. Nous autres paysans—et moi plus que tout autre—nous sommes toujours prêts à être agréables, sinon utiles, aux étrangers. J'avoue seulement que votre apparition inattendue m'a surpris.

—Je conçois, je sortais à peine du village où j'ai passé la nuit, et que je quitterai—probablement pour n'y plus revenir—dans quelques heures, lorsque je vous ai aperçu de ce côté... Je vous l'ai dit, je chassais autrefois... La curiosité m'a empoigné.

—Vous avez passé la nuit au village? à l'auberge sans doute?

—Oui, et une assez piètre baraque, par parenthèse, mais la personne avec laquelle je voyage était indisposée, elle désirait absolument goûter quelques heures de repos, et comme nous n'avions pas le choix, notre chaise de poste s'est arrêtée devant votre *Lion d'Or*... Dieu sait quels lits nous y avons trouvés, au *Lion d'Or!*... Tiens, qu'est-ce qui tombe là de votre poche... un livre?

Tandis que l'inconnu parlait, Christian s'était occupé de mettre son levraut au fond de l'espèce de gibecière de toile écrue qu'il portait attachée par une corde, sur le côté gauche, et dans ce mouvement, un volume—que contenait une poche de sa veste—avait glissé, heurté par son bras, et était tombé sur l'herbe.

Tout en formulant sa nouvelle question, l'indiscret personnage à la redingote avait ramassé le livre, l'avait ouvert... et une exclamation de surprise s'était échappée de ses lèvres.

—Virgile! s'était-il écrié, un volume de Virgile... Comment! jeune homme... est-ce que vraiment vous lisez l'*Enéide*?

> Ille ego qui quondam gracili modulatus avena
> Carmen...

Christian devint pourpre, non pas qu'il fût humilié qu'on doutât de sa science, mais parce que sa modestie s'effarouchait d'un aveu. Cependant il reprit le volume que l'étranger lui tendait en le considérant, lui Christian, avec une attention profonde, et il répliqua—d'un ton où perçait peut-être un peu de fierté.—

—Oui, monsieur, je lis *Virgile*... N'est-ce pas le poëte des champs et des bois aussi bien que des combats, ajouta-t-il en souriant, et n'est-il pas bien à sa place entre les mains d'un paysan?

—Singulier! singulier! murmura l'inconnu qui demeura l'œil arrêté sur le jeune homme. Ceci m'explique, continua-t-il plus haut, pourquoi vous vous exprimez d'une façon qui n'est pas ordinaire dans ces pays. Et... votre éducation ne s'est pas arrêtée là, probablement? Pour parler votre langue aussi purement que vous le faites, vous devez avoir étudié la plupart de nos meilleurs auteurs?

—Maintenant, comme tout à l'heure, au sujet de mon coup de fusil, repartit Christian, vous vous montrez, monsieur, trop indulgent à mon égard. J'ai travaillé beaucoup, il est vrai, mais *beaucoup* pour un paysan, signifie sans doute, bien peu à la ville. Néanmoins, si vous voulez me suivre jusqu'à ma demeure, tout en vous y offrant quelques rafraîchissements, je me permettrai de vous montrer les trésors que je possède... je dis : trésors, parce qu'après ma mère, mes livres sont, je crois, ce que j'aime le plus au monde.

—Marchons donc : je suis tout prêt! s'écria vivement l'étranger en prenant, sans façon, le bras de Christian. Venez! nous causerons en route... et, afin que nous puissions le faire plus à notre aise, échangeons, s'il vous plaît, mutuellement nos noms. Vous vous nommez?

—Christian Kerneis.

—Et moi Joseph Boisfleuri. Vous êtes de ce village?

—Oui, monsieur.

—Avez-vous une famille?

—Je n'ai que ma mère, monsieur; mon père est mort il y a cinq ans.

—Quel est votre âge?

—Vingt ans passés.

—Vous n'avez pas encore satisfait à la loi du recrutement?

—Je vous demande pardon : j'ai tiré au sort cette année et j'ai eu le bonheur d'amener un des plus hauts numéros.

—Voilà qui est parfait! voilà qui est parfait!

En prononçant ces mots, Boisfleuri serra fortement sous son bras le bras de Christian; ensuite il resta quelques instants silencieux et pensif. De temps à autre seulement il se prenait à considérer son compagnon, et, chaque fois, il secouait la tête d'un air de satisfaction marquée.

Christian se demandait, dans une sorte d'inquiétude mêlée d'un secret plaisir, d'où pouvait provenir l'intérêt que lui témoignait l'étranger.

—Et, reprit enfin Boisfleuri en regardant en face Christian, comme s'il eût cherché à lire dans les yeux du jeune homme sa pensée, avant même qu'il l'exprimât, et... vous vous trouvez heureux ici? Vous ne désirez... rien?

Christian poussa un léger soupir, hésita une seconde, puis il répondit :

—Je suis heureux, monsieur, autant qu'on peut l'être quand on est forcé de se livrer chaque jour à un travail qui sera demain ce qu'il est aujourd'hui : rude, fatigant, abrutissant! Quant à des désirs, je n'en ai pas... je n'en dois pas avoir! On désire... lorsqu'il est permis d'espérer... et il m'est défendu d'espérer...

Un éclair de joie passa sur le visage de Boisfleuri, Ce mot : « Ambitieux! » glissa entre ses lèvres, mais Christian ne l'entendit pas.

Ils atteignirent ainsi le village sans avoir repris la conversation. Mais lorsqu'ils furent arrivés devant sa chaumière, Christian, dégageant son bras de celui de l'étranger, lui dit d'une voix affectueuse qu'accompagna un geste plein de noblesse :

—Entrez, monsieur, les bienfaits de l'hospitalité chez de pauvres paysans se bornent à bien peu de chose... mais vous trouverez, du moins, près de ma mère et de moi, un accueil franc et cordial.

—J'ai été militaire, jeune homme, fit Boisfleuri en pénétrant dans la chaumière, c'est vous dire que je ne sais pas être exigeant.

Catherine Kerneis était assise dans la salle basse. Elle filait au coin de la cheminée où brûlait un feu vif de branches mortes de pommiers. A la vue d'un étranger, elle se leva; Boisfleuri lui rendit respectueusement son salut.

—Ma mère, dit Christian, monsieur est assez aimable pour daigner prendre place à notre table. Tandis que vous préparez le déjeuner, je ferai voir à monsieur, ainsi que je le lui ai promis, ce que j'appelle pompeusement ma bibliothèque.

—J'espère, madame, fit Boisfleuri à la vieille paysanne, que vous n'en voudrez pas à monsieur votre fils de m'avoir amené et que vous ne vous donnerez nul embarras à cause de moi?

—Tout ce que fait mon fils est bien fait, monsieur, repartit Catherine, et ce ne sera pas une peine pour moi que de vous traiter de mon mieux.

Christian s'était débarrassé de son attirail de chasse. Il invita Boisfleuri à le suivre, et il poussa une porte sur la droite de la salle.

La chambre de Christian était petite, mais il y respirait un ordre, une propreté qui décelaient les soins assidus d'une mère. Un lit en noyer, recouvert de rideaux de serge verte, deux chaises, un fauteuil, une table du même bois en formaient tout l'ameublement. Je me trompe : un corps de bibliothèque, à jour, en acajou—luxe inouï dans le village—étalait fièrement ses rayons surchargés de volumes; au-dessus de la table, les livres, les plumes et l'écritoire qu'elle supportait. Le fauteuil était placé en face de cette table, prêt à recevoir le maître. Une fenêtre à demi entr'ouverte, vis-à-vis du lit, laissait voir le jardin où brillaient quelques fleurs d'automne—objet des attentions particulières de Catherine;—dans un carré de terre isolé, des plans de légumes et des arbres fruitiers.

—Nous voici donc dans le *sanctum sanctorum!* fit avec un sourire Boisfleuri en allant droit à la bibliothèque. Je me permets de vous parler latin, mon jeune ami, sans crainte d'être accusé de pédantisme, puisqu'il est convenu que vous le parlez aussi bien... et mieux, peut-être, que moi. Diable! mais voici une réunion bien choisie de bons ouvrages : Phèdre, Ovide, Tacite... le roi des écrivains anciens!... et, de ce côté, Voltaire... le *Siècle de Louis XIV*, la Correspondance, le Théâtre... Jean-Jacques... Racine... Boileau... Eh! eh! Chateaubriand, et Goëthe, et Schiller, et Dante, et Byron!...

—Ce sont des traductions, monsieur.

—Je le pense bien. Si vous saviez encore l'allemand, et l'anglais, et l'italien... ce serait trop beau! je vous prendrais pour un prince déguisé.

—Vous plaisantez.

—Oui, je plaisante; je veux dire que tout en ne les lisant pas dans leur langue, on peut fort bien — quoi qu'en disent quelques esprits difficiles — apprécier le génie de certains auteurs et leur donner une place favorite chez soi.

—Et ces papiers? A quoi travaillez-vous maintenant? Que vois-je? des vers, des alexandrins, vrai Dieu!

Christian rougit, comme lorsqu'il avait pris des mains de Boisfleuri le volume de Virgile.

—C'est la *Vie nouvelle* de Dante, répondit-il, que je me permets de torturer à ma façon.

Un sourire effleura les lèvres de Boisfleuri, qui reprit :

—Des vers sur une traduction, c'est un peu risqué. Admettez que votre poëme soit imprimé, et qu'un nouvel amateur ait un jour la fantaisie de le remettre en prose, puis qu'un troisième le rétablisse, à sa manière, dans le langage des dieux, et ainsi de suite, et dans quelques centaines d'années d'ici, de prose en vers, de vers en prose, ceux de nos descendants — qui ne pourront pas plus que nous lire l'écrivain dans l'original — ne posséderont qu'une assez médiocre connaissance de son ouvrage, laminé par tant d'esprits différents. Au surplus, ce travail vous amuse et c'est le principal. Je vous demande même grâce pour les observations que je viens de vous faire.

—Elles sont trop justes, au contraire, pour que je ne les accueille pas, comme je le dois, repartit Christian.

Et il prit le cahier de vers et le déchira.

—Quelle folie! s'écria Boisfleuri en essayant vainement d'arrêter Christian dans sa sévère exécution; vous voyez bien que j'ai eu tort de me permettre une critique.

—Du tout! puisque cela m'a mis à même d'offrir une réparation convenable au grand poëte, reprit gaiement Christian. Mais voici ma mère; le déjeuner est prêt sans doute. Suivez-moi, monsieur, nous viendrons ensuite, s'il vous plaît, causer encore ici.

Boisfleuri obéit à son hôte en se disant tout bas : « Décidément ce garçon-là est une trouvaille! De l'intelligence, de l'instruction et du bon sens! Qu'il soit avec cela, comme je le présume, un peu ambitieux, et nous sommes sauvés! »

Le déjeuner était frugal, mais abondant. Des œufs, une salade, du fromage, un gâteau de maïs et des fruits,—le tout arrosé d'un cidre mousseux et piquant,—en faisaient les frais. Boisfleuri but et mangea avec un plaisir extrême. Il se sentait à l'aise entre ce jeune homme et sa mère qui, de leur côté, paraissaient enchantés de le voir à leur table. Cependant, de temps à autre, Boisfleuri considérait, à la dérobée, Catherine et Christian, et une pensée soucieuse ridait son front et arrêtait sa main prête à saisir son verre. Mais bientôt, ces mots de la vieille paysanne : Buvez donc, monsieur, mangez donc, monsieur! l'arrachaient à sa rêverie et il retrouvait à la fois sa bonne humeur et son appétit.

—Ma mère, une goutte de votre bonne eau-de-vie pour fêter notre hôte, s'écria Christian comme le repas touchait à sa fin.

—Volontiers! fit Boisfleuri, tandis que Catherine allait prendre le fameux flacon au fond d'une armoire, et ensuite je vous dirai au revoir, car il doit se faire tard et l'on va être inquiet de moi. Quelle heure est-il?

Il regarda à sa montre :

—Onze heures et demie! Diable! comme le temps a passé vite! il faut que je retourne à l'auberge; mais je reviendrai; oh! je reviendrai, je vous le promets.

Et Boisfleuri ajouta en se penchant à l'oreille de Christian :

—Vous m'accompagnerez un instant, n'est-ce pas? J'ai à vous parler, à vous seul.

Christian inclina la tête, tout surpris qu'on eût à lui dire quelque chose que ne pût entendre sa mère.

L'eau-de-vie perlait aux bords des petits verres de cristal que Catherine avait servis avec la vieille bouteille.

—A votre santé! madame, s'écria Boisfleuri, à votre prospérité et à celle de votre fils. Quant à moi, quoi qu'il arrive...

Un étrange regard à Christian accompagna ce *quoi qu'il arrive.*

—Je conserverai toujours le souvenir de votre cordiale réception.

—Dites que vous vous rappellerez que vous avez fait plaisir et honneur à de pauvres paysans, en choquant votre verre contre le leur.

Boisfleuri serra doucement la main de Catherine; puis il se leva et prit son chapeau. Christian en fit autant.

Quelques minutes après ils sortaient de la chaumière.

Ils marchèrent d'abord côte à côte, muets et pensifs tous deux, dans la grande rue — déserte à cette heure, — du village.

Tout à coup Boisfleuri s'arrêta en disant :

—Au fait, il est inutile que vous alliez plus loin, Christian. Je n'ai pas voulu m'expliquer devant votre mère, mais je puis vous parler ici. Personne ne nous entendra... Christian, écoutez-moi donc bien. Je n'emploierai pas ici de vains préliminaires. Il est des moments dans la vie où une seconde vaut une année. Ce que je vais vous dire est sacré, solennel. Je ne suis pas disposé à plaisanter, et ma proposition, tout étrange qu'elle pourra vous paraître, n'a rien non plus qui doive vous effrayer.

Christian, je ne vous connais que depuis quelques heures, mais je m'intéresse extraordinairement à vous.

Vous n'êtes pas à votre place dans ce village, Christian.

Voulez-vous venir avec moi, et m'obéir aveuglément? et je mets votre esprit, votre ambition, vos connaissances à profit; et de paysan que vous êtes, je fais de vous un grand et riche personnage.

Christian tressaillit et ne répondit pas.

—Vous ne comprenez rien à mes paroles, continua Boisfleuri. Tenez! je vais m'expliquer le plus clairement possible.

Je vous demande de quitter ce pays pour ne plus vous souvenir que vous y êtes né, ostensiblement du moins, là-bas où je vous emmènerai. Vous direz à votre mère que c'est pour votre bonheur que vous partez, et elle vous laissera partir; vous lui direz que, quoique éloignée de vous, pour... longtemps, peut-être, elle ne manquera jamais de rien et recevra souvent de vos nouvelles, et vous aurez raison de lui assurer cela; car, à compter du jour où vous l'aurez quittée, votre mère recevra, en effet, chaque mois, une lettre de vous en même temps qu'une somme dont vous fixerez vous-même le chiffre, et que vous lui adresserez, *vous-même aussi*, si vous désirez vous charger de ce soin.

Et en échange du bien que je veux vous faire, à vous et à votre mère, je ne vous demande qu'une chose : je vous le répète, j'exige que vous m'obéissiez... sans réplique, et, qu'une fois engagé dans la route sur laquelle je vous mettrai, vous ne songiez jamais à retourner sur vos pas!

—Mais... murmura Christian, qui croyait rêver, si cette route dont vous me parlez doit me conduire au crime?

—Sur Dieu et sur mon âme! fit Boisfleuri en élevant la main, je vous jure que vous ne commettrez, à mon instigation, aucune action criminelle. Cependant, je ne vous le cache pas, notre conduite *à tous trois*, — car nous serons trois, vous, moi et la personne qui m'attend à l'auberge, — notre conduite, dis-je, dans l'affaire que j'ai conçue, si elle venait à être connue du monde, pourrait être jugée sévèrement, peut-être.

Mais le monde, Christian, juge à sa manière. C'est-à-dire que le plus souvent il voit faux, et qu'il condamne à tort!

Et que nous importera l'opinion qui pourrait nous frapper, mais qui ne nous frappera pas? Cela n'est point à redouter — si nous avons, vous, moi et *cette personne*, la conscience en repos.

Acceptez donc mon offre. Venez avec moi, non pas demain, mais ce soir; ayez confiance en ma parole; laissez-vous conduire, et tout ce que je vous ai promis s'exécutera.

—Mais...

—Mais vous allez me demander des explications, n'est-ce pas? Je ne puis rien vous expliquer, si vous n'acceptez pas.

Dites-moi, au contraire : « Je vous suis! » Dites-moi : « Je n'ai pas peur, je veux être riche, fêté, heureux! Je veux aussi que ma mère ne manque de rien. »

Et quelques instants après que vous m'aurez parlé ainsi, je vous apprendrai pourquoi je me suis adressé à vous, et comment il se fera que vous deveniez riche et heureux et fêté.

A ce soir! je vous laisse toute la journée pour réfléchir. Ce soir, à huit heures, je reviendrai prendre votre réponse.

Il dépend de vous, maintenant, Christian, de voir s'accomplir vos rêves les plus magnifiques!

De même qu'il dépend de vous, si vous le préférez, de pourrir pauvre et triste au fond de votre misérable village.

Adieu! ou plutôt au revoir. Songez que vous ne devez vous en rapporter qu'à vous-même de votre décision dans cette circonstance.

* * *

III

RÉSOLUTION

Christian était encore immobile, l'œil fixe, la bouche béante, et Boisfleuri avait disparu.

—Je puis devenir un grand et riche personnage! Il ne dépend que de moi d'être heureux, de voir s'accomplir mes rêves, mes désirs les plus fous!

Telles étaient les pensées qui se heurtaient dans le cerveau de notre jeune paysan, luttant fortes et rebelles contre la crainte et le doute.

Boisfleuri avait bien jugé son homme, Christian était ambitieux. Qui dit ambitieux dit décidé à tout, voire même à ce qui n'est pas *absolument bien*. — On ne lève le front devant le mal qu'avec l'expérience. — Et Christian devait bientôt oublier de craindre et de douter pour ne plus s'occuper que de l'avenir brodé d'or qu'on lui avait promis. Il s'en revint à pas lents vers sa chaumière, et lorsqu'il en franchit le seuil, il avait déjà arrêté sa réponse à Boisfleuri. Il acceptait. Bien plus, cette résolution prise, il avait encore trouvé le moyen d'annoncer son départ à sa mère de façon à ne rencontrer près d'elle aucun obstacle.

On le voit, Christian était de ces natures qu'il n'est pas besoin de pétrir longtemps pour les façonner à sa guise. N'avait-il pas donné, d'ailleurs, un mois auparavant, en laissant partir Louise, la preuve de son inflexible attraction vers des jouissances inconnues et d'autant plus désirées? Des chimères l'avaient emporté sur un amour d'enfance. Sa tendresse pour sa mère devait céder devant une brillante réalité.

Cependant à peine Christian se trouva-t-il en face de sa mère, sous le toit de cette humble et paisible demeure où s'étaient jusqu'alors écoulés ses jours, qu'il se sentit en proie à une violente émotion. Le cœur domina quelques instants l'esprit. Il se prit à promener ses regards tout autour de lui, d'un air mélancolique. Mille souvenirs s'élevèrent dans son âme, et sa main se promena, machinalement affectueuse, dans les soies de son chien qui était accouru à sa rencontre.

Catherine s'était déjà remise à son rouet auprès du feu.

—Eh bien! mon ami, fit-elle en voyant rentrer son fils, que t'a dit ce monsieur en te quittant? Doit-il vraiment revenir nous dire adieu?

Ce peu de mots firent battre plus vite encore le cœur de Christian. Il hésita avant de répondre; il sentait que le moment était venu de parler, et tout en appréhendant de le laisser s'enfuir, il se trouvait, aussi, désolé de ne pouvoir le reculer.

Mais, nous l'avons dit, Christian voulait et devait aller vite. Il s'avança donc vers sa mère et répondit, d'une voix ferme, quoique légèrement voilée :

—Ma mère, M. Boisfleuri reviendra; il me l'a promis, et il dépend de vous qu'il ne reparte sans moi.

—Comment! que veux-tu dire? s'écria Catherine en pâlissant, frappée d'un triste pressentiment.

Christian, plus pâle que sa mère, continua :

—Je veux dire que M. Boisfleuri... m'a offert... une belle place à Paris..., et que.. si cela ne vous afflige pas trop de vous séparer de moi..., je serais... heureux d'accepter sa proposition.

Catherine regarda son fils en face, longtemps, avec une sorte d'obstination, comme si elle se fût attendue à ce qu'il allait sourire et s'écrier :

—Je plaisante, ma mère, ne vous effrayez pas!

Mais Christian supporta sans sourciller le regard de sa mère.

Seulement sous ce regard un frisson lui parcourut tout le corps, depuis la plante des pieds jusqu'à la racine des cheveux.

Catherine comprit qu'elle allait perdre son enfant. Elle eut le courage de lever le calice afin d'en boire, d'un seul trait, toute l'amertume.

—Ah ! ce monsieur t'offre de t'emmener ! reprit-elle avec effort ; et tu partirais donc... ce soir ?

—Je partirais ce soir, fit Christian.

—Et... tu serais... véritablement heureux... de m'abandonner...

—Je serais heureux, ma mère, d'accepter l'emploi qu'on met à ma disposition... je serais heureux de ne plus vivre pauvre et ignoré dans un misérable village... je serais heureux..., parce que tout en étant forcé de vous quitter, je saurai laisser derrière moi, pour vous, ma mère, le bien-être... la richesse même !...

—Mais !... murmura Catherine dont la bouche devenait sèche et brûlante, mais... cet homme... tu ne le connais pas ! s'il te trompait !...

Christian tressaillit.

—Cet homme ne me trompe pas, répondit-il vivement, quel intérêt voulez-vous qu'il ait à m'abuser ? Je ne lui ai rien demandé... il m'a tout offert... Je ne suis pas allé à lui... il est venu à moi... vous voyez bien que j'aurais tort de me défier de lui !

—Mais que veut-il donc faire pour toi ?

—Je l'ignore... mais il s'est engagé à m'emmener à Paris et à m'y donner les moyens de m'enrichir... et je l'ai remercié de sa bienveillante protection, et je viens vous demander la permission de la mettre à profit...

Catherine ne répliqua pas d'abord, mais ses yeux, distillant la douleur et le reproche, disaient bien mieux que le plus éloquent discours à son fils :

—Est-ce toi qui me parles ainsi ? toi dont je me croyais aimée ?...

—Pars donc ! balbutia-t-elle enfin, pars, puisque tu le veux, mon fils ; je ne serai jamais un obstacle à ton bonheur !

Elle n'eut pas la force d'en dire davantage, elle fondit en larmes.

Christian se frappa le front avec désespoir : il est si pénible de voir pleurer sa mère, surtout quand elle a le droit de vous demander compte de ses larmes !

Il s'agenouilla près d'elle et il lui couvrit les mains de baisers, et il pleura avec elle.

Mais il ne lui dit pas :

—Mère, je resterai !

Il ne voulait pas faire une promesse qu'il ne se sentait pas le courage de tenir.

La mère et le fils demeurèrent ainsi quelques minutes ; elle, pleurant toujours, lui, toujours à genoux, silencieux, devant elle.

Tout à coup Catherine, se dégageant de l'étreinte de Christian, se leva, s'essuya les yeux et s'écria :

Alors... il faut nous occuper de ton bagage... Puisque c'est ce soir que tu t'en vas, nous n'avons pas trop de temps pour nos préparatifs.

Christian se leva à son tour, en considérant sa mère avec une surprise douloureuse. Cette feinte résignation lui faisait plus de mal encore que l'aspect de son chagrin.

—Laissez, murmura-t-il, laissez-moi ces soins, ma mère... cela vous fatiguera et...

—Non ! non ! interrompit Catherine, dans une sorte d'impatience fiévreuse ; j'entends, au contraire, que tu ne t'occupes de rien... je voudrais, même, rester seule un instant... Christian... je t'en prie ! sors ! va dire adieu à nos amis du village... tu reviendras, ensuite, et... tu verras... comme je serai forte pour te donner un dernier baiser !...

Christian laissa échapper un soupir, et obéit à la prière de Catherine.

Seulement, au lieu d'aller adresser ses adieux, comme elle le lui avait dit, à ses voisins, il s'apprêtait à remonter la rue pour sortir du village,... il

avait besoin, lui aussi, de solitude, et puis il voulait saluer encore une fois cette belle forêt de Pleuven qu'il ne devait plus revoir peut-être de longtemps.

Lorsque l'aspect d'un homme qui arrivait vers lui, l'arrêta presque au seuil de la chaumière.

Cet homme, c'était Boisfleuri.

Boisfleuri marchait très-vite, et tout en marchant, son regard arrêté, de loin, sur le visage du jeune paysan, semblait chercher à y deviner ce qu'il devait espérer. Christian, de son côté, immobile, inquiet, attendait qu'on l'interrogeât.

Enfin, lorsqu'il ne fut plus qu'à quelques pas de Christian, Boisfleuri prononça ce seul mot : « Eh bien ! »

Pour toute réponse Christian inclina la tête.

Une vive expression de joie se peignit sur les traits de l'étranger.

Il était alors tout près de Christian ; il lui tendit la main.

—Vous consentez ? s'écria-t-il.

—Je pars avec vous, monsieur, répondit Christian. Je me mets tout entier à votre disposition... autant, du moins, comme vous me l'avez juré, que vous ne m'ordonnerez rien de répréhensible aux yeux des hommes et de Dieu !

—C'est convenu ! c'est convenu ! D'ailleurs, dans un moment vous connaîtrez mes desseins et vous verrez vous-même qu'ils n'ont rien qui puisse vous effrayer... Et puis... vous savez le proverbe : Qui ne risque rien, n'a rien ! si l'on voulait toujours prêter l'oreille aux moindres scrupules, il faudrait se condamner à tout jamais à la misère et à l'obscurité... Vous vous étonnez sans doute, de me revoir sitôt ?

—Il est vrai ! vous ne m'aviez promis votre visite que pour ce soir.

—Oui, mais, après vous avoir quitté et connu, je me trouvais déjà devant l'auberge où m'attend la personne... dont il a été question entre nous... une réflexion m'est venue... J'ai pensé qu'il était inutile que je parlasse à cette personne de mes projets avant d'être assuré de leur exécution. Vous m'aviez paru un jeune homme de résolution, Christian... je me suis dit que quelques minutes auraient autant de valeur pour vous que quelques heures, si vous étiez réellement dans l'intention de vous fier à moi...

—Cependant... si cette personne... qui vous attend à l'auberge, n'allait pas approuver ces projets où je dois jouer un si grand rôle ? Êtes-vous donc certain, d'avance, de son assentiment ?

—Je suis certain d'avance de son adhésion à toutes mes volontés, repartit Boisfleuri en souriant : le projet que j'ai à développer sous vos yeux n'est pas nouveau pour cette personne...

Mais que faisons-nous là, mon ami, dans cette rue ? Voyons ! puisque vous consentez à me suivre... hâtons-nous ! N'avez-vous pas déjà prévenu votre mère de votre départ ?... Allez lui dire adieu... Il faut que ce soir même nous quittions ce village et que d'ici là, vous soyez préparé au rôle important que vous êtes destiné à jouer.

A ces mots : « Allez dire adieu à votre mère, » Christian s'était troublé...

Un instant, en écoutant Boisfleuri, le jeune homme avait oublié sa mère...

Mais, rappelé tout d'un coup au présent ; pressé si ardemment d'être à la fois cruel et ingrat envers celle qui ne lui avait jamais témoigné que de la douceur et de la tendresse, Christian sentait fléchir son courage, et il considérait tour à tour Boisfleuri et la porte de sa chaumière, sans savoir à quel parti se résoudre...

Boisfleuri devina le motif de l'hésitation de Christian.

—Du courage, donc ! fit-il ; allez dire adieu à votre mère, et promettez-lui,—et vous pouvez le lui promettre à coup sûr,—qu'avant deux jours elle recevra de vos nouvelles.

Entrez, Monsieur. — Page 4, col. 2.

—Mais, murmura Christian, elle s'occupait lorsque je l'ai quittée tout à l'heure de tout préparer pour mon départ. Elle disposait dans une malle...

—Du linge, des vêtements? Inutile, inutile ! A quoi avais-je la tête de ne point vous prévenir de cela... Vous aurez tout ce qu'il vous faut à l'auberge...

Mais le temps presse; voyons, Christian, faiblirez-vous quand il ne vous reste que si peu à faire? Entrez seul, je vous attendrai ici ; ma présence ne pourrait qu'ajouter à la tristesse de vos adieux.

—Vous avez raison ; il faut en finir, dit Christian d'un air sombre : attendez-moi donc.

Et il s'éloigna en courant vers la chaumière.

—S'il n'allait pas revenir, pensait Boisfleuri, ou s'il refusait maintenant de me suivre? S'il me fallait renoncer à mes espérances après les avoir vues si près de se réaliser?.

Mais la porte de la chaumière se rouvrit, Christian reparut; il avait le visage décomposé, les yeux hagards, les lèvres sans couleur.

Cependant il marchait d'un pas ferme.

—Je suis à vous, monsieur, dit-il d'une voix sourde à Boisfleuri : où allons-nous?

—A l'auberge du *Lion d'Or* ; mais prenons le plus long afin de ne pas être rencontrés ensemble, et surtout d'avoir le temps de causer.

Christian désigna du doigt en face d'eux une ruelle qui donnait sur la campagne.

—Et... votre mère? fit timidement Boisfleuri en prenant le bras de son compagnon, elle pleure bien, n'est-ce pas?

Christian essuya deux grosses larmes qui sillonnaient sa joue.

—Elle prie, répondit-il.

Puis, emporté par un mouvement qui tenait à la fois de la colère, du chagrin et du regret, il ajouta d'un ton presque menaçant :

—Oh ! monsieur, fasse le ciel que les faveurs que vous m'avez promises soient vraiment assez immenses pour que j'oublie qu'elles m'ont coûté le bonheur de ma mère !

IV

LE RÉCIT

Christian et Boisfleuri marchèrent quelque temps en silence; le premier, encore sous l'impression de la scène pénible qui venait de se passer entre sa mère et lui; le second, se disposant mentalement à entamer le fameux chapitre des confidences et des instructions qu'il devait à son compagnon.

—Christian, fit-il enfin,—le plan de son récit convenablement dans sa tête,—Christian, mon ami, êtes-vous plus calme à présent, et voulez-vous m'écouter?

Christian sursauta comme un homme qu'on éveille brusquement, mais il répondit d'une voix contenue :

—Je suis prêt à vous écouter, monsieur.

—Très-bien ! Asseyons-nous donc alors sur ce tertre au pied de ces arbres; il passe peu de monde par ici, et nous causerons mieux, beaucoup mieux là qu'en marchant.

Je vous rappellerai seulement, avant de commencer, Christian, que, mes confidences achevées, vous n'aurez plus le droit, sous peine de passer à mes

C'était le bedeau du village. — Page 11, col. 1re.

yeux pour un malhonnête homme, de vous récuser.

Christian haussa légèrement les épaules.

— Je suis prêt *maintenant* à tout faire, dit-il, tout... excepté un crime. Souvenez-vous, aussi, que cette clause est obligatoire dans notre marché !

— Ceci coule de source... Oh ! tranquillisez-vous ; je ne vais mettre dans vos mains ni un poignard ni du poison ; je veux les remplir, au contraire, d'or et de bijoux. A vos vêtements campagnards je ne substituerai pas quelques insidieux costumes de bandit, mais je les transformerai en habits les plus fashionables. Bref Christian Kerneis ne deviendra ni un *Mandrin* ni un *Schubry*, se glissant clandestinement dans le monde pour y voler des richesses, des titres et des amours. Christian Kerneis sera demain un gentilhomme qui pourra marcher tête haute, qui, partout où il se présentera, sera parfaitement reçu, qui n'aura qu'à choisir pour avoir des amis.

— Et qui n'aura pas même besoin de me commander, à moi, pour que je lui obéisse... car, dès ce moment, moi, Boisfleuri, je me reconnais le très-humble serviteur de Christian Kerneis... ou plutôt, de...

— De ?

— Vous allez le savoir.

— Oui, parlez ! expliquez-vous, enfin ! s'écria Christian qui avait écouté avec une ardeur mal contenue l'exorde emphatique de son protecteur, près de tourner—à ce qu'il disait lui-même—au protégé. Parlez ! apprenez-moi par quels prodiges vos merveilleuses promesses vont se réaliser !... Jusqu'à présent, j'ai peine à croire que vous vous exprimiez sérieusement.

— Vous avez tort de douter de ma bonne foi et je vais vous le prouver.

Prêtez-moi toute votre attention.

Mon cher Christian, il y a six ans environ—c'était en 1832—tout Paris, Paris élégant, Paris aristocrate, le Paris du faubourg Saint-Germain, s'émut à une nouvelle qui vint retentir soudainement dans son sein. Mme la marquise de Bracy, une des lionnes les plus jolies et les plus spirituelles du beau monde, avait quitté l'hôtel de son mari. Elle était partie avec son fils, Léopold de Bracy, alors âgé de quinze ans ; elle avait disparu sans faire ses adieux à personne, pas même à ses amies les plus intimes !.... et l'on ignorait jusqu'aux lieux où elle avait porté ses pas.

La malignité chercha et trouva bientôt la cause de cette brusque séparation d'un ménage qui avait jusqu'alors passé pour un des plus accomplis de la capitale. On assura que la marquise avait commis une grande faute, et que, pour l'en punir, son mari l'avait à jamais exilée loin de lui. Un duel qui eut lieu, quelques jours après la disparition de la marquise, à la suite d'une dispute de jeu, entre M. de Bracy et un certain chevalier de Saint-Gervais, servit encore à alimenter la médisance publique. On n'accepta pas le futile prétexte de ce combat, où le chevalier fut tué, pas plus que l'on ne crut aux paroles du marquis, répondant aux indiscrets qui s'informaient près de lui de sa femme, « qu'elle avait été forcée de partir en Allemagne, appelée par une vieille parente dont la santé réclamait des soins assidus. »

Quoi qu'il en fût, au bout de deux ou trois mois, on avait cessé de s'occuper, à Paris, de Mme de Bracy. Le marquis continuait à recevoir, comme par le passé, à son hôtel, nombreuse et brillante société. Qu'avait-on à demander de plus ? Aucun de ceux qui assistaient à ces fêtes devina-t-il jamais dans les traits de l'amphitryon, aimable et empressé, les souffrances et les regrets de l'époux trahi, du père abandonné !

Et pourtant, M. de Bracy était bien malheureux. Il adorait encore sa femme, et, chaque soir, il pleurait l'absence de son fils, qu'il n'avait consenti à laisser emmener par la coupable que dans la crainte d'un procès scandaleux dont elle avait osé le menacer, s'il voulait user des droits que la loi lui donnait, en pareil cas, sur cet enfant.

Je vous parle savamment de toutes ces choses, Christian, car j'étais l'intendant de M. de Bracy, et je savais à quoi m'en tenir sur les motifs de la séparation du marquis et de sa femme... et, souvent, pendant les cinq années qui s'écoulèrent depuis cet événement jusqu'au moment de sa mort, je surpris les larmes du marquis... et je pus entendre les expressions touchantes de sa douleur.

A vrai dire, Christian, tout en plaignant mon maître, je me sentais, néanmoins, très disposé à l'indulgence pour la marquise. M. de Bracy était vieux, laid et affligé, en outre, d'une santé sans cesse chancelante... et la marquise était belle, forte et jeune...—elle avait vingt ans de moins que son mari.—Il détestait le monde, auquel il n'ouvrait ses salons que pour soutenir l'éclat de son rang... et elle adorait les plaisirs, et elle n'était heureuse qu'entourée des hommages de la foule.

Une raison puissante contribuait encore à m'empêcher d'oublier Mme de Bracy. C'était à elle que j'avais été recommandé, à ma sortie du régiment, par un vieux colonel qui connaissait intimement son père... et m'avait tout de suite accueilli avec bonté et fait accorder par son mari l'emploi que beaucoup d'autres, plus méritants peut-être que moi, sollicitaient.

De son côté, Mme de Bracy avait sans doute deviné que le dévouement qu'elle s'était acquis par sa protection et ses bontés, ne devait pas se briser sans pudeur, au moment où elle en aurait le plus besoin, car avant de quitter l'hôtel de son mari, avant de s'expatrier, elle m'avait dit :

« Boisfleuri, je n'ai pas de famille; mon père, le seul appui qui me restait sur cette terre est mort, vous le savez, il y a deux ans... et je rends grâces au ciel de cette mort... mon père m'aurait maudite aujourd'hui!... En m'éloignant de Paris, je ne laisse donc derrière moi qu'une personne sur l'amitié de laquelle je puisse compter pour veiller à mes intérêts et à ceux de mon fils; cette personne, c'est vous... M. de Bracy m'a dit: « Partez!... » Je lui ai donné le droit d'ordonner, et je lui obéis... Il m'alloue une certaine somme par an... il a encore ce droit, et je me soumets à sa volonté... J'étais pauvre quand il m'a épousée...

« Mais vous, Boisfleuri, qui ne devez ni ne voulez, je pense, vous ériger en juge de celle qui vous tendit jadis une main secourable, vous vous prêterez, n'est-ce pas, sans commentaires, à mes désirs? M. de Bracy vous a chargé de m'expédier par semestre, d'après l'avis que je vous adresserais de la résidence où je me trouverais alors, la somme qu'il a fixée pour mes besoins et ceux de mon Léopold? Faites mieux!... écrivez-moi chaque mois... Chaque mois, la première, je vous ferai connaître le lieu où il vous faudra envoyer votre lettre. Je ne me crois pas obligé de vous dire combien me sera précieuse l'exactitude dans cette correspondance. Vous comprendrez aisément que je me trouverai moins abandonnée en recevant souvent des nouvelles de ce Paris... qu'il me faut quitter, hélas! peut-être pour si longtemps ! »

J'exécutai ponctuellement les ordres de Mme de Bracy.

Pendant six ans, soit qu'elle habitât l'Italie, la Suisse, l'Allemagne ou la Russie—vous voyez que la marquise a mis son exil à profit,—je ne manquai pas, un seul mois, de lui écrire.

M. de Bracy ignora toujours l'espèce d'intimité qui m'unissait à sa femme. Il ne me parlait jamais d'elle... il semblait même mettre de l'obstination à ne point m'interroger sur son sort, quelque instruit qu'il pût me croire à ce sujet. Un jour, seulement, qu'il me surprit mettant pour elle, sous pli, des billets de banque à l'adresse de Genève, il prononça ces mots, accompagnés d'un soupir :

« Pauvre femme! pauvre enfant! »

Quant à elle, chacune de ses lettres se terminait invariablement par des questions sur son mari, sur l'état de sa santé, sur sa conduite, ses habitudes... ses discours...

Trop fière pour implorer le pardon du marquis, mais fatiguée de son existence nomade et repentante de ses torts, elle n'attendait qu'un mot pour accourir et racheter sa faute à force de soins et d'affection.

Dieu ne permit pas cette joie à l'épouse coupable; M. de Bracy mourut subitement; il fut frappé, la nuit, —il y a trois semaines de cela—d'une attaque d'apoplexie foudroyante. Je reçus son dernier soupir... son dernier regard s'arrêta sur moi... et sa bouche et ses yeux semblèrent me dire :

« Songez à ma femme, à mon enfant!

Je m'empressai d'accomplir le vœu suprême du marquis. Mme de Bracy reçut, immédiatement, la nouvelle de la mort de son mari. Elle était alors en Angleterre et, en lui annonçant l'événement qui lui rendait sa position, je lui enjoignis de se hâter de partir. Voulant ainsi lui être agréable et faire preuve de mon attachement à sa personne, je la priai de me renseigner, par le courrier, sur la route qu'elle devait prendre, lui proposant d'aller au-devant d'elle. Elle me répondit qu'elle me savait gré de ma proposition : qu'elle partirait de Liverpool pour débarquer à Brest et que je pourrais l'attendre, dans huit jours, à Quimper.

Je pris la poste. Le neveu de M. de Bracy, le baron de Morière,—que vous connaîtrez bientôt,— seul parent et héritier du marquis, après le fils de ce dernier, Léopold de Bracy—demeura à l'hôtel, en qualité de gardien des scellés, jusqu'au retour de Mme de Bracy.

Je descendis à Quimper à l'époque précisée dans la lettre de ma maîtresse.

J'étais déjà à l'auberge de la Poste depuis vingt-quatre heures et je m'étonnais du retard que mettait la marquise à me rejoindre, quand un paysan, monté sur un cheval couvert de sueur et de poussière, s'arrêta sous les fenêtres de cette auberge où j'attendais avec tant d'impatience.

Je ne sais pourquoi, mais, à la vue de cet homme, j'eus le pressentiment d'un malheur : je courus à lui :

—Ne venez-vous pas demander ici un nommé Boisfleuri? lui dis-je.

—Vous êtes donc M. Boisfleuri? fit-il.

—Oui.

—En ce cas, voici une lettre qu'une dame, dont le fils est blessé, à Irvillac, m'a chargé de vous apporter.

J'ouvris la lettre, le cœur dévoré d'angoisse.

La chaise de la marquise avait versé près d'Irvillac, à six lieues de Brest, et Léopold de Bracy avait les deux cuisses cassées. La marquise me suppliait d'accourir à son secours et d'amener tous les médecins que je trouverais à Quimper.

Quelques heures après j'arrivais avec un médecin et un chirurgien, à Irvillac, dans une hôtellerie où gisait, sur son lit de douleur, l'infortuné Léopold de Bracy.

Que vous dirai-je, Christian? La science est trop souvent impuissante contre le mal, et puis la science de mes docteurs de Quimper n'était peut-être pas des plus habiles! Toutefois, je dois, à leur honneur, de jurer qu'ils firent tout ce qu'ils purent; mais ce qu'ils purent ne réussit pas à empêcher le pauvre enfant de succomber sous la fièvre qui le brûlait.

Mme de Bracy fut comme folle pendant deux jours.

Moi, après avoir donné de justes larmes au mort, je me pris à songer aux vivants, et je restai effrayé de l'avenir de la marquise.

La marquise non-seulement n'avait plus de fils, mais elle avait encore perdu sa fortune.

Léopold dans la tombe, les biens de M. de Bracy, décédé *ab intestat* revenaient légalement à son neveu et unique héritier, je vous l'ai dit, le baron Ernest de Morière.

Je laissai au désespoir de Mme de Bracy le temps de s'épancher, et, quand je la vis plus calme, je songeai à saisir le moment de lui parler raison.

Ce moment arriva : le corps du malheureux Léopold reposait depuis dix jours au cimetière d'Irvillac, et la pierre qui le couvrait ne portait pas encore d'inscription.

Un soir que nous sortions, la marquise et moi, du funèbre champ d'asile, un homme nous accosta : c'était le bedeau du village; il nous demanda quel nom et quelles qualités il devait mettre sur la pierre du tombeau.—Le cher homme cumulait; il joignait à ses saintes fonctions, celle de peintre de la paroisse.—

Mme de Bracy allait répondre...

—Mettez ce nom : « Léopold; » m'écriai-je.

Et, en parlant ainsi, je serrai doucement le bras de la marquise qui leva sur moi un regard étonné.

Le bedeau s'était éloigné en nous saluant.

—Pourquoi ce nom, seul? repartit enfin la marquise, est-ce donc une raison, parce qu'il dort dans ce pauvre cimetière, de soustraire ainsi à tous les yeux le souvenir du dernier descendant des de Bracy?

—Madame, repris-je, non-seulement il faut que cette tombe soit muette, mais je voudrais encore pouvoir arracher du registre de la mairie de ce village, le feuillet où se trouve l'acte de décès du dernier des de Bracy.

—Je ne vous comprends point, Boisfleuri.

—Mon Dieu! madame, continuai-je, votre affliction maternelle vous fait oublier que l'héritier du marquis de Bracy, se nomme, maintenant, le baron de Morière! Je vous apprendrai, plus tard, pourquoi je vous ai empêchée d'avouer sur la tombe de votre fils que vous n'avez plus de droit à la fortune de votre mari.

La marquise réfléchit un instant.

—Eh! dit-elle, maintenant que je suis seule au monde, que m'importe la fortune!

—Mais la misère, madame? murmurai-je à son oreille, savez-vous bien que c'est la misère qui vous attend à cette heure à Paris?

Mme de Bracy tressaillit... j'avais touché juste.

Christian, ceci est triste à dire; il est peu de sentiments qui ne plient devant l'intérêt; Mme de Bracy avait adoré son fils, elle le pleurait du fond de l'âme...

Mais depuis que je lui avais fait entrevoir le sort cruel qui lui était réservé, la marquise, en priant pour son fils dans le cimetière d'Irvillac, priait aussi pour elle.

Cependant douze jours s'étaient écoulés dans ce village; il fallait partir; les retards que nous pouvions mettre à retourner à Paris ne feraient que reculer, sans en adoucir l'appréhension, l'heure où la position fâcheuse de Mme de Bracy serait décidée.

Le baron de Morière était un brave et aimable garçon, je le savais, mais il était criblé de dettes, et, en admettant que la marquise daignât solliciter sa pitié, était-il probable qu'il voulût entamer, même pour une faible part, l'héritage qui lui tombait du ciel, au profit d'une femme que son mari avait, en quelque sorte, chassée de sa maison?

Je dis : *nous*, parce que je m'étais tellement identifié aux malheurs de la marquise, que ces malheurs me semblaient miens. Se mêlait-il, à l'intérêt que je portais à ma maîtresse, quelques raisons d'égoïsme? je ne l'avoue et je ne le nie pas! Après tout où serait le mal? Qui est-ce qui n'est pas un peu égoïste, même dans les plus nobles actions?

Durant mes longues heures de solitude à l'auberge d'Irvillac, lorsque Mme de Bracy se rendait au cimetière, j'avais conçu mille projets pour faire face à la fatalité appesantie sur nous... mais ces projets étaient plus extravagants les uns que les autres... un seul, facile à exécuter, quoique dangereux, peut-être, dans cette exécution même, était resté, tenace, dans mon esprit. Ç'avait été sous son impression que je m'étais opposé à ce qu'on inscrivit dans le cimetière du village breton le nom de Léopold de Bracy.

Je ne sais si la marquise avait deviné la pensée qui m'avait guidé à ce moment... ce qu'il y a de certain c'est qu'elle ne me pressa pas, d'abord, de parler. Ce ne fut qu'à Quimper qu'elle exigea que je lui fisse part, sans réserve, de mes intentions.

Mes *intentions!*... mes rêves, bien plutôt!

Je m'expliquai... et elle pâlit...

—C'est impossible! s'écria-t-elle, vous êtes fou, Boisfleuri! Je ne me prêterai jamais à cet indigne stratagème!...

Et, cependant, quelques heures après, la marquise revenait, elle-même, sur ce qu'elle avait traité d'indigne stratagème...

Encore une fois, souvenez-vous, Christian, que chaque minute nous rapprochait de Paris et que c'était la misère... la misère dans toute son horreur qui attendait, à Paris, Mme de Bracy...

Ce que j'avais proposé à la marquise—dans le cas où le hasard viendrait à notre secours—vous l'avez deviné, sans doute, mon ami? Doué comme vous l'êtes, vous en savez assez déjà, de cette histoire, pour qu'il ne soit pas nécessaire que je m'appesantisse sur des chimères que votre heureuse rencontre a converties en réalités...

Christian avait écouté, jusque-là, dans le plus complet recueillement le récit de Boisfleuri. À la question de ce dernier il sourit faiblement et répondit d'un ton calme:

—Oui, je devine, qu'en dépit de vos protestations réitérées, vous voulez, tout simplement, me mettre en tiers dans un crime?

—Un crime! un crime! répéta Boisfleuri troublé, non! non! ce n'est point commettre une mauvaise action que de chercher à retenir des biens qui s'échappent au moment de vous appartenir!... Vous jugez...

—Au surplus, continuez! interrompit Christian, continuez, monsieur, je me serai peut-être trompé dans mes conjectures...

Boisfleuri hésita... son regard soudé à celui du jeune homme brillait à la fois de colère et de supplication, de crainte et d'espérance. On voyait qu'il tremblait de s'être imprudemment avancé en même temps qu'il ne pouvait se résoudre à reculer.

—Eh bien! reprit-il, j'avais dit à la marquise, que si l'on pouvait trouver, sur sa route, un homme jeune et ambitieux, sur l'intelligence et le dévouement duquel il fût permis de compter, tout n'était pas encore perdu pour elle!... je lui avais dit... qu'elle seule et moi nous devions savoir que Léopold de Bracy était mort...

—Bref!... vous lui avez proposé un fils de rencontre que le monde abusé saluerait du titre de marquis... et vous cherchiez, avec votre digne maîtresse, cette créature assez lâche pour jouir, sous un nom supposé, d'une existence que vous lui auriez faite et joyeuse et brillante... afin de lui en mieux cacher les périls et l'infamie!...

Boisfleuri se leva brusquement.

—Christian, dit-il d'une voix irritée, est-ce donc que vous voulez me faire repentir de la confiance, trop candide peut-être, que j'ai mise en vous! Oui, je dois l'avouer, mes projets pouvaient être jugés avec quelque sévérité, mais, encore une fois, toute âme n'est point de bronze contre l'adversité, et... si votre intention, maintenant, est de refuser de me servir, plaignez-nous, Mᵐᵉ de Bracy et moi, de notre faiblesse, accusez-nous, si vous voulez, de folie, mais ne traitez pas si haut de crime notre conduite!... L'homme qui se noie ne s'occupe guère si celui-là sait nager auquel il s'accroche instinctivement pour se sauver de la mort.

—Vous vous emportez trop vite, monsieur, fit Christian sans s'émouvoir de cette tirade emphatique, il me semble, puisque je dois être votre complice dans ce petit drame,—susceptible, à mon avis, de se terminer un jour devant la cour d'assises, — il me semble qu'il m'est bien loisible d'émettre mon opinion sur le rôle qui m'est destiné...

Mon opinion est que le personnage Léopold de Bracy est dangereux et difficile à jouer... mais je ne vous dis pas que je sois disposé à en décliner la responsabilité...

—Quoi! vraiment! vous accepteriez toujours! s'écria Boisfleuri en saisissant vivement la main de Christian.

—Eh! sans doute! j'accepte! J'ai accompli le plus pénible de mon œuvre en me séparant de ma mère... A cette heure je suis corps et âme votre esclave... Je ne devais pas vous cacher l'impression qu'a produite sur moi l'idée de me présenter à Paris sous un faux nom, sous un faux titre; l'ambition n'avait, jusqu'à présent, fait naître, en mon esprit, aucune pensée de capitulation avec ma conscience, mais puisque, je le vois, pour arriver vite et haut, il est nécessaire de ne point regarder ni en arrière soi, ni en soi-même, je vous promets de me conformer, dès à présent, à ces exigences... je ferai plus: dussé-je être renversé un jour du piédestal sur lequel vous m'aurez placé, je m'engage à ne point ajouter à vos douleurs par mes reproches!...

Boisfleuri pressa de nouveau la main de Christian et il allait encore lui adresser des remercîments... Christian ne lui en laissa pas le temps:

—Un dernier mot, lui dit-il; qu'auriez-vous fait, la marquise et vous, si vous ne m'aviez pas rencontré? Vous traitiez tout à l'heure, à raison, vos projets de chimères... si le hasard ne se fût point montré aussi favorable, auriez-vous donc tranquillement courbé la tête devant le malheur qui vous était réservé à Paris?

Boisfleuri réfléchit un instant.

—A Paris, plus que partout ailleurs, mon ami, répondit-il enfin, on trouve des gens disposés, pour de l'or, à se prêter à tous les emplois possibles. En quittant notre chaise de poste nous eussions descendu, la marquise et moi, dans un hôtel garni retiré, et je me serais immédiatement mis en quête du fils qu'il nous fallait. Mais je ne vous cache pas que cette ressource, quelque certaine qu'elle me parût, était ce que j'appréhendais le plus! Je préfère à un intrigant adroit, peut-être, mais très-certainement lié par des nécessités de position à d'autres individus de sa trempe, le garçon intelligent que j'ai su déterrer dans un village inconnu, à cent cinquante lieues du théâtre préparé pour ses exploits.

—C'est-à-dire que pour un Léopold de Bracy d'occasion j'ai encore mon prix? fit Christian avec un sourire. Mais ne craignez-vous pas que moins bien que l'intrigant, le paysan ne tienne sa place dans le monde où vous allez le produire?

—Vous êtes instruit, vous êtes spirituel, vous êtes jeune, vous êtes beau, reprit Boisfleuri en frappant gaiement sur l'épaule de Christian, avec quelques leçons et une quinzaine de jours de retraite dans votre hôtel, vous deviendrez un marquis accompli. Ne vous souciez donc point de l'avenir, mon jeune ami, et réjouissez-vous du présent. Mᵐᵉ de Bracy et moi nous serons là, sans cesse à vos côtés, prêts à vous venir en aide quand il sera utile, et quant aux circonstances fortuites dont vous pourriez vous effrayer, nous...

—Nous n'en parlerons pas, s'il vous plaît, ni aujourd'hui, ni jamais!... Il est convenu que je vous appartiens dès ce moment... faites donc de moi ce que vous voudrez... Léopold de Bracy ignore qu'il peut se rencontrer en face de quelque indiscret disposé à lui jeter au visage, ces paroles:

« Mais vous êtes mort, mon cher! mort, et enterré dans le cimetière d'Irvillac... Comment vous trouvez-vous à Paris? »

Léopold de Bracy marchera calme et confiant dans sa gloire et dans sa richesse. Au besoin, il renversera, plus ou moins brutalement, les obstacles qui se trouveraient sur son passage.

Et en récompense des services qu'il rendra, par son existence même, à sa mère et à son intendant, Léopold ne demandera qu'une chose à cette tendre marquise, à ce fidèle serviteur:

Ce sera de ne pas oublier qu'il existe à Saint-Ivry, en Bretagne, une vieille paysanne du nom de Catherine Kerneis, mère d'un certain Christian, à laquelle les susdits serviteur et marquise ont juré protection, quoi qu'il arrive!...

Quoi qu'il arrive! vous m'entendez?

—Oui, quoi qu'il arrive! répéta avec chaleur, Boisfleuri, votre mère, Christian, sera comblée de nos bienfaits. Vous-même, vous fixerez le chiffre de sa pension... Vous lui écrirez chaque mois, et...

—Et partons donc! interrompit encore Christian; votre maîtresse doit s'inquiéter de votre longue absence, Boisfleuri; il est temps d'aller la rassurer.

—Oui, venez! reprit l'intendant. Il me tarde d'annoncer une bonne nouvelle à la marquise.

Et les deux hommes reprirent, côte à côte, le chemin de l'auberge... Boisfleuri, en se félicitant tout bas du succès de son entreprise; Christian, en jetant un dernier regard vers la ruelle qui aboutissait en face de sa chaumière.

Quelques instants après ils arrivaient au *Lion d'Or*.

Boisfleuri prit Christian par le bras pour entrer. Il n'y avait, dans la grande salle de l'hôtellerie, que le maître qui salua le jeune paysan d'un bonjour familier, et Boisfleuri de ces mots:

—Vot' dame a demandé après vous, monsieur, elle vient de faire un tour dans le jardin et elle est, à c't'heure, dans sa chambre.

—Merci, mon brave, répondit Boisfleuri; suivez-moi, monsieur, continua-t-il en s'adressant à Christian.

Ils montèrent ensemble l'escalier qui conduisait aux chambres de voyageurs.

Arrivés sur le palier, vis-à-vis d'un corridor où donnaient sept ou huit portes numérotées, Boisfleuri se pencha vers Christian et lui dit à l'oreille:

—Attendez-moi une minute, mon ami; je veux prévenir Mᵐᵉ de Bracy avant de vous présenter.

—J'attendrai! fit Christian.

Boisfleuri frappa à une porte à droite du corridor. On lui ouvrit aussitôt, puis la porte se referma sur lui.

Et Christian, accoudé sur la rampe de l'escalier, demeura seul, réfléchissant à l'aventure hasardeuse dans laquelle il s'engageait.

Ces mots, « on vous attend, venez! » résonnèrent bientôt à son oreille.

Boisfleuri était en face de lui, l'invitant du geste à le suivre.

Christian obéit. Il s'avança vers la chambre dont la porte était restée ouverte.

Et il s'inclina devant une femme qui se tenait debout, au milieu de cette chambre. Cette femme était la marquise de Bracy.

—Madame, fit alors Boisfleuri en prenant Christian par la main et en saluant respectueusement, à l'exemple du jeune homme, madame, je vous présente monsieur votre fils, le marquis Léopold de Bracy...

—Mon fils!... murmura la marquise, mon fils!...

Un soupir étouffé s'échappa de sa poitrine, et un moment on put croire qu'elle allait perdre connaissance.

Mais aussitôt, comme si elle eût retrouvé tout d'un coup son courage, elle reprit d'une voix à la fois sombre et affectueuse :

—M. Boisfleuri m'a parlé de vous, monsieur; il m'a dit que vous consentiez à vous prêter, en ma faveur, à une ruse... coupable, peut-être... mais que nous avons jugée nécessaire...

Devenez donc mon fils, monsieur, et si... à force d'amitié, de soins, il m'est permis de vous rémunérer de la grandeur de votre sacrifice, de votre dévouement, soyez sûr que je ne négligerai point ces devoirs! Vous avez abandonné votre mère pour moi, monsieur, j'espère un jour, non pas vous la faire oublier, mais parvenir à la remplacer si bien que vous ne saurez laquelle des deux vous devrez aimer le plus... de celle qui vous a élevé ou de celle qui vous adopte, dès aujourd'hui, solennellement, de la voix et du cœur.

Là-dessus la marquise tendit la main à Christian.

Christian, en imprimant sa bouche sur cette main, leva les yeux sur la marquise.

Mme de Bracy avait trente-huit ans; sa taille était haute et majestueuse; son visage, quoique couvert alors d'une pâleur mortelle, resplendissait de noblesse et de beauté.

Sa main frissonna au contact des lèvres du jeune homme... Cependant elle prononça d'un ton calme ces paroles adressées à Boisfleuri :

—Et maintenant, mon ami, veuillez, je vous prie, vous occuper des préparatifs de notre départ... Rien ne nous retient plus, je pense, dans ce village?

—Tout, au contraire, nous oblige à le quitter au plus vite! pensa Boisfleuri.

Mais il se contenta de répondre.

—Je vais faire atteler, madame; quant au costume que devra revêtir M. de Bracy pour entrer dans Paris, nous nous occuperons seulement, s'il vous plaît, de cette métamorphose, au prochain relais. Il serait, je crois, dangereux, de songer à cela ici.

—Je m'en rapporte à votre sagesse, mon ami, repartit la marquise.

L'intendant s'éloigna, laissant en face l'un de l'autre la mère et le fils de rencontre.

———◆———

V

A PARIS

Quatre mois après ce que nous venons de raconter, Christian Kerneis, ou plutôt le marquis Léopold de Bracy—car, pour aider à la clarté de cette histoire, nous donnerons maintenant nous-même à notre héros le nom et le titre qu'il a acceptés—Léopold de Bracy, disons-nous, menait, à Paris, riche et joyeuse vie.

Le retour de la marquise et de son fils dans leurs foyers n'avait excité nulle part la moindre surprise. Il était très-naturel que l'épouse et l'enfant prissent possession, à la mort qui de son mari, qui de son père, de la fortune dont cette mort les faisait héritiers. Il y eut bien, parmi les grandes dames du faubourg Saint-Germain, quelques prudes qui s'écrièrent, sous l'éventail, que Mme de Bracy n'était pas digne de rentrer dans l'hôtel et les biens de son mari, et qui protestèrent entre elles de leur mépris pour cette épouse coupable, — mépris que six années d'exil eussent dû rendre moins rigoureux, — mais, à part ces exceptions, on se montra fort indulgent partout pour la veuve prête à reparaître dans le monde, ornée de quatre-vingt mille livres de rentes. Quatre-vingt mille livres de rentes! mais il y avait là dedans de quoi faire pardonner quatre-vingt mille péchés; et les péchés de Mme de Bracy dataient déjà d'une époque si éloignée!

N'eût été le bruit qu'avait fait répandre Mme de Bracy, à son arrivée, qu'elle ne recevrait absolument personne pendant toute la durée de son deuil, tout Paris se serait donné rendez-vous chez l'opulente marquise.

Quant au baron de Morière, le neveu du feu marquis, il s'était conduit, en cette affaire, avec le meilleur ton qu'on puisse voir. Déchargé de sa responsabilité de gardien des scellés, par le retour de la marquise, mais non point quitte encore envers elle, avait-il dit, de ses devoirs comme parent, comme ami, il ne s'était éloigné qu'après avoir obtenu de Mme de Bracy la permission de revenir bientôt lui présenter ses hommages et tenter de former, avec son cher cousin Léopold, — qu'il reconnaissait parfaitement, quoiqu'il ne l'eût vu qu'une fois, sept ou huit ans auparavant, à une sortie de collège, — une liaison solide et fraternelle.

L'installation à l'hôtel de Bracy, de la marquise, de son fils et de Boisfleuri, avait, du reste, été chose assez curieuse.

En posant le pied dans ces vastes et magnifiques appartements où longtemps elle avait régné sur une foule brillante, et d'où un époux irrité l'avait un jour chassée, Mme de Bracy s'était couvert les yeux de ses mains. Elle avait craint de voir apparaître l'ombre du vieux marquis, et de l'entendre lui crier d'une voix sévère :

—Tu n'as pas le droit de rentrer ici! Va-t'en!... Après m'avoir jadis menti dans tes serments de fidélité, d'honneur, oses-tu bien de nouveau mentir au respect que l'on doit aux morts, en présentant au monde abusé un fils qui n'est pas le nôtre? Va-t'en! Dieu est juste. Il a étendu la main sur la mère, comme je l'avais étendue sur l'épouse! Va-t'en! Tu n'as pas le droit d'être riche, d'être heureuse!

Boisfleuri, froid et sceptique comme les gens dont l'or est la seule pensée, avait à peine remarqué le trouble de sa maîtresse, tout ravi qu'il se sentait d'avoir conservé, grâce à son adresse, la position heureuse — et qui pouvait devenir brillante — qu'il avait occupée jusque-là. Le souvenir du défunt ne tourmentait guère l'intendant. Son bonheur se souciait peu de la veille et n'appréhendait point de lendemain. Voilà ce qui le rendait alerte et joyeux, en faisant admirer dans ses moindres détails, à *son maître*, le marquis Léopold de Bracy; les splendeurs de l'hôtel.

Pour Léopold, c'était plutôt de la surprise que de la joie qu'il éprouvait sous ces lambris brillants d'or, au milieu de ces salons grandioses, auprès de ces meubles splendides. Gêné, contraint dans les habits de ville qu'on lui avait fait revêtir pendant le voyage, — je prie le lecteur de ne point prendre le mot *gêné* dans son acception purement physique, ce qui prêterait peut-être à la plaisanterie : les vêtements du vrai Léopold semblaient avoir été pris, au contraire, sur la mesure du faux marquis — le ci-devant paysan se disait qu'il lui serait peut-être bien difficile de jouer son rôle avec talent. Il comprenait qu'il ne suffit pas d'avoir de l'intelligence et de l'ambition pour se métamorphoser subitement de villageois en gentilhomme; et, effrayé par ses propres réflexions, il se demandait encore, si ce rêve qui avait si bien débuté ne s'achèverait point, bientôt, faute de sa part, de n'avoir pas bien su dormir.

Boisfleuri, indifférent, peut-être à dessein, aux émotions de la marquise, s'aperçut fort bien de l'inquiétude de Léopold. Que Mme de Bracy éprouvât du remords, de la terreur même en parcourant cet hôtel qu'une ruse criminelle lui conservait, cela devait arriver, et notre intendant avait trop de bon sens pour ne point laisser au temps seul le soin d'apaiser ces murmures de la conscience et du cœur. — L'habitude et l'oubli valent mieux en pareil cas que les périodes les mieux arrondies. — Mais Léopold semblait troublé, incertain, attristé au moment d'entrer en scène. Boisfleuri, en homme habile, devait mettre tous ses efforts à annihiler aussitôt ces mauvaises dispositions.

—Eh bien! mon cher monsieur Léopold, s'écriat-il, comme il se trouvait seul avec le jeune homme dans un salon dont une des portes donnait sur une chambre à coucher où la marquise s'était retirée, eh bien! que dites-vous de ces richesses? Espériez-vous mieux que vous n'avez trouvé? Tout ceci vous appartient. Vous avais-je trompé en vous disant que vos rêves les plus ambitieux seraient surpassés?

Léopold hésitait à répondre.

—Parlez! parlez sans crainte, reprit Boisfleuri en s'asseyant sur un divan de damas soie et or auprès de Léopold; personne ne peut nous entendre, et nous avons le loisir, une dernière fois, avant de continuer résolument notre route, de jeter un regard sur le passé. Parlez donc, parlez haut; exprimez votre pensée tout entière. Vous avez dû remarquer que le domestique n'est point nombreux ici. A la mort du marquis, à l'exception du concierge et de sa femme, de braves paysans très-lourds et très-niais, j'ai renvoyé tout le monde. Je présumais que Mme de Bracy ne garderait pas à son service des gens qui en pouvaient trop savoir; et je me félicite d'autant plus de cette inspiration après les événements qui ont eu lieu.

Dites-moi donc franchement ce qui cause ces vilains plis que j'aperçois sur votre front? Jusqu'à présent tout a été sur des roulettes. Le baron de Morière vous a traité, vous l'avez vu, comme il convenait, en cousin dont on veut se faire un ami; vous avez reçu d'une très-noble façon ses compliments. De quoi vous préoccupez-vous donc maintenant? Le plus fort est fait, l'avenir est à nous!

Léopold secoua la tête.

—J'ai peur, dit-il, qu'en dépit de toute ma bonne volonté, mes allures et mes manières ne trahissent mon origine.

—Allons donc! Vous avez les mains un peu rudes, quinze jours d'oisiveté et de parfums vous les adouciront; votre teint est hâlé, cela n'étonnera personne, les voyageurs ont l'habitude de ne point redouter le soleil; d'ailleurs, en peu de temps aussi, l'air de Paris se chargera du soin de vous enlever vos trop riches couleurs. Enfin, vous n'êtes pas à l'aise dans votre nouveau costume, un peu d'habitude et quelques leçons d'un maître à danser vous donneront le sans façon qui vous manque.

Et puis, rappelez-vous que nous avons plus de temps qu'il ne nous en faut pour opérer complétement notre métamorphose! Mme de Bracy ne recevra personne de l'hiver; et, à l'exemple de madame votre mère, vous avez le droit de ne rentrer dans le monde que lorsque vous serez bien sûr de vous.

—Mais, repartit Léopold, ces paroles de M. de Morière, s'écriant qu'il me reconnaissait fort bien, ne vous ont-elles point fait trembler, Boisfleuri?

—Du tout! car, par un hasard étrange, votre physionomie est douée, en effet, de quelque analogie avec celle de Léopold, lorsqu'il sortit du collège pour suivre sa mère; nous avons déjà remarqué, madame la marquise et moi, cette particularité, et vous allez pouvoir vous en convaincre par vousmême. Venez! nous pouvons entrer dans cette chambre, où Mme de Bracy est depuis quelques heures. Je me doute de ce qui la retient ainsi loin

de nous, et je ne crois pas qu'il y ait d'indiscrétion à la déranger un moment.

Boisfleuri, tout en parlant, avait frappé à la porte de la pièce désignée, puis, sans attendre de réponse, il avait ouvert cette porte et se disposait à entrer, en invitant d'un signe Léopold à le suivre.

Léopold obéit.

Mme de Bracy retourna la tête à l'entrée de nos deux personnages; mais elle ne quitta pas sa posture : elle était agenouillée sur un fauteuil, en face d'un portrait appendu à la muraille, au chevet d'un lit.

La marquise était très-pâle. On voyait qu'elle avait beaucoup pleuré.

—Pardonnez-nous, madame, fit Boisfleuri à voix basse, de vous troubler dans quelque saint devoir. J'ai mal pris mon temps, je le vois, mais je désirais montrer cette peinture à monsieur... N'est-il pas vrai que ce portrait pourrait avoir été le sien lorsque monsieur n'avait que quatorze ou quinze ans?

La marquise, avec un effort visible, reporta ses yeux du portrait de son enfant à celui qui devait le remplacer, et, malgré sa douleur, elle ne put s'empêcher de contempler ce dernier avec une sorte d'admiration mêlée de surprise.

C'est qu'en effet le paysan lui rappelait son fils... elle l'avait remarqué à première vue, sans oser s'appesantir sur cette ressemblance, mais là, en face de ce portrait, la similitude était si extraordinaire, qu'il y avait lieu de s'étonner au plus haut point.

Christian-Léopold était grand et mince. Ses yeux noirs, aux sourcils régulièrement arqués, avaient une expression fière et bienveillante tout à la fois. Son nez était droit, sa bouche fraîche et gracieuse, une forêt de cheveux bruns ombrageaient son front élevé.

Le véritable Léopold avait été tel que nous venons de dépeindre le jeune Breton... Son portrait, qui datait de six ans, pouvait donc très-bien rappeler les traits du paysan, six années auparavant. Seulement, et en faisant mentalement cette distinction, la marquise essuya une larme. A la beauté de Léopold de Bracy se joignaient une grâce et une finesse exquises... et Christian-Léopold n'était que beau .. c'était la statue du gladiateur vue après celle de l'Antinoüs.

Mme de Bracy était retombée sans proférer une parole dans l'espèce d'engourdissement où Boisfleuri l'avait surprise en arrivant près d'elle.

Boisfleuri et Léopold se retirèrent frappés de respect pour cette douleur profonde.

—Maintenant, êtes-vous rassuré, demanda l'intendant au jeune homme quand ils se trouvèrent de nouveau seuls. Vous le voyez, non-seulement on vous reconnait après vous avoir vu enfant, mais encore le peu de personnes que Mme la marquise a fréquentées dans ses voyages, seront aussi, grâce à cette bienheureuse ressemblance, très-éloignées, si le hasard vous les faisait rencontrer, de nier votre identité. Au reste, Mme de Bracy a été presque partout et ne s'est arrêtée nulle part pendant ses six ans d'exil. Nous n'avons donc presque rien à redouter du côté des étrangers... Tout va bien! tout ira toujours bien! De la confiance et de l'audace! Avec ces deux talismans, on vient à bout de tout...

. . . .

Ce qu'avait prévu Boisfleuri arriva. La contrainte éprouvée par Mme de Bracy, lors de sa réinstallation à l'hôtel, se dissipa peu à peu. Sa maison, montée par les soins de son intendant, sur un pied grandiose, retrouva son ancienne splendeur, sinon encore son animation. La belle veuve avait essuyé ses larmes et cuirassé son cœur contre les souvenirs. Fidèle à sa parole, elle continuait de vivre éloignée du monde, mais il était facile de prévoir qu'avec l'hiver qui s'écoulait, disparaîtraient, en même temps que ses vêtements de deuil, ses sombres projets de réclusion.

Léopold, de son côté, faisait de rapides progrès dans le métier de seigneur. Guidé par l'intendant et par Mme de Bracy, le nouveau marquis s'était, en quelques semaines, mis au courant de ces mille et une minuties dont se compose la manière d'être des gens du monde. Il savait maintenant marcher, saluer, manger, porter son chapeau, causer sans rien dire, fumer son havane, faire le nœud de sa cravate, etc., etc., etc. Il montait fort bien à cheval et commençait à tenir passablement un fleuret. Boisfleuri s'était spécialement chargé du soin de le dresser dans l'art de l'escrime, et Léopold consacrait, chaque matin, deux heures à ces leçons ; enfin l'ex-paysan était devenu un gentilhomme très-digne de tourner au *lion*, surtout si l'on voulait se rappeler qu'il avait passé, à sa sortie du collège, six longues années éloigné de Paris.

Tout en se prêtant de la sorte aux exigences de sa position, Léopold ne négligeait pas les intérêts de Christian. Chaque mois il envoyait à Catherine Kerneis le quartier de la rente de six mille francs qu'il lui avait allouée. Tous les quinze jours encore il écrivait à la vieille paysanne une relation qu'il improvisait, de sa conduite, de ses occupations. Une parente de Boisfleuri recevait, croyant ne rendre qu'un léger service à un ami de l'intendant, ces lettres adressées à M. Christian Kerneis ; Catherine croyait son fils heureux, attaché à quelque grand personnage, et elle acceptait avec reconnaissance et sans chercher à en découvrir la source, ces bienfaits qu'elle avait ordre, du reste, de ne point divulguer dans toute leur étendue. Cependant elle le disait souvent à Christian : toute riche qu'elle se voyait, elle n'en était pas moins triste. Les soins d'une bonne voisine qui avait consenti à vivre avec elle, ne pouvaient remplacer la présence et l'amitié d'un fils.

Léopold soupirait en lisant ces passages des lettres de Catherine. Comme elle, au sein de sa nouvelle fortune, il ne se trouvait pas aussi heureux qu'elle le pensait et qu'il s'y était attendu lui-même. Depuis qu'il habitait Paris, un souvenir chéri et cruel à la fois était venu se joindre à son chagrin d'être séparé de sa mère ; il songeait à Louise... à Louise, que le paysan avait laissée s'éloigner de lui, parce qu'il était ambitieux... à Louise, qui était à tout jamais perdue pour le marquis.

Catherine avait adressé à son fils une lettre de la jeune fille. Louise travaillait toujours chez une des meilleures couturières de Paris... Léopold n'avait qu'à vouloir pour être auprès de Louise... mais il ne devait pas vouloir... il lui fallait rester sourd aux prières de la jeune fille, qui le croyait toujours à Saint-Yvry, et se désolait de ne point recevoir de ses nouvelles ; il avait même enjoint à Catherine, pour des raisons particulières, avait-il dit, de ne répondre qu'à la dernière extrémité à Louise et d'une manière évasive, sur son départ pour Paris.

On le voit, outre les dangers acceptés en prenant l'emploi de grand seigneur, le paysan, dans son élan irréfléchi, avait compté sans les soucis dont il devait payer sa richesse et ses honneurs d'emprunt.

Cependant le temps avait marché. Trois mois s'étaient passés depuis qu'il avait quitté Saint-Yvry. Léopold de Bracy était en mesure de se présenter dignement partout. Boisfleuri dégagea son élève de ses lisières ; la marquise encouragea son fils ; le baron de Morière pressa son cousin, et le jeune marquis se décida enfin à faire ses débuts dans le monde. Il avait pleuré trois mois la perte de son père... c'était plus que convenable : il passait pour un fils pieux, il fallait à présent qu'il se conduisît en gentilhomme de race.

Le baron de Morière, dont les preuves de l'attachement qu'il avait voué à Léopold, s'étaient bornées jusque-là à des visites à l'hôtel et à quelques promenades au bois, s'offrit comme mentor de son jeune cousin. Le marquis était un vrai sauvage, un *delaware*, un *huron*... Il causait couramment des beautés de l'Italie, de la Suisse, de l'Angleterre ou de l'Allemagne, mais il distinguait à peine son boulevard des Italiens du boulevard Beaumarchais... De Morière entama résolûment l'éducation parisienne de Léopold. En trois semaines il le mit au courant des théâtres, des meilleurs restaurants de Paris, et lui fit lier connaissance avec une foule de lions des plus distingués.

Pour achever de civiliser notre marquis, il lui fallait une maîtresse. De Morière s'occupa sérieusement de mettre son parent à même de faire un choix digne de son rang et de sa fortune.

———◆———

VI

PÉPITA

Le baron Sosthène de Morière était un garçon de vingt-huit ans, grand, blond, élégant et d'une figure charmante. Il avait été fort riche, et il ne possédait plus que beaucoup de dettes et un peu de crédit. Doué d'un naturel généreux, d'un esprit pétillant, d'une gaieté inaltérable, Sosthène passait sa vie dans un monde où sa gaieté seule avait cours, vu qu'on n'y comprenait guère son esprit et qu'on n'y appréciait pas du tout son cœur ; Sosthène s'apercevait bien parfois de la nullité désespérante de la société qu'il fréquentait : ces roués qui ne savaient parler que toilette, chevaux, lansquenet et maîtresses, à plus ou moins bon marché, ces maîtresses elles-mêmes, la plupart froides, ennuyées et ennuyeuses, avidement occupées de leurs vénales amours, tout cela était bien prosaïque pour un homme qui s'avisait de temps à autre de *penser*... mais de Morière était orphelin, nulle voix amie n'était là près de lui, dans les bons moments, pour l'encourager et le conseiller... Il se laissait donc vivre et tâchait de réfléchir le moins souvent possible.

L'arrivée à Paris de son cousin avait été une bonne fortune pour Sosthène ; il n'avait pas songé, un instant que, sans ce cousin, il aurait, lui, de Morière, hérité seul de M. de Bracy... il s'était pris, au contraire, d'une vive amitié pour son parent et cette amitié lui était devenue bientôt d'autant plus chère que Léopold ne ressemblait à aucun de ceux qu'il avait aimés jusqu'alors. Doux, calme, parlant peu, mais s'exprimant toujours bien, et touchant juste presque toujours, le jeune marquis semblait une anomalie vivante au milieu de tous ces fous, bavards, vantards, turbulents et tranchants qui l'entouraient depuis quelque temps, et par l'excentricité même de son caractère, il leur imposait pour sa propre personne une sorte de respect qui divertissait fort le baron. Ces messieurs n'osaient, en dépit de leur grande habitude de cet exercice, plaisanter, comme un autre, ce débutant dans la carrière des plaisirs ; ils sentaient instinctivement que quoiqu'il fût certes moins avancé qu'eux sous le rapport d'une expérience dont ils étaient loin de soupçonner la futilité, il n'était pas prudent de lui donner trop brusquement des leçons. Bref ils se trouvaient plus disposés à rechercher l'amitié qu'à encourir le ressentiment du marquis... C'est pour cela que Léopold de Bracy s'était fait, en trois semaines, une vingtaine de connaissances qui se disaient ses intimes.

Léopold plaisait donc aux hommes, ou tout au moins, il leur imposait... Sosthène de Morière voulut juger de l'effet qu'il produirait sur les femmes.

Il le conduisit un soir à un raout que donnait une

Pépita recevait toute la jeunesse dorée de Paris. — Page 16, col. 2.

danseuse de l'Opéra, alors très en vogue : la Pépita.

Pépita recevait toute la jeunesse dorée de Paris. Elle était jolie et séduisante et on la vantait, parmi ces dames, pour sa manière tout à elle de ruiner un amant en moins de temps qu'il n'en faut à une autre pour se faire aimer.

Pépita accueillit Sosthène en ami, c'est-à-dire qu'elle lui tendit la main et qu'elle répondit par un sourire gracieux à ses compliments. Quant à Léopold, dont le baron déclina les nom et qualités en le lui présentant, la danseuse le traita d'abord avec une dignité de glace. Cette indifférence et ce maintien sévère étaient joués : Sosthène avait annoncé, la veille, son cousin à Pépita... Pépita n'ignorait pas que le marquis était fort riche... il était jeune, elle le trouvait beau... elle ne faisait donc que poser les jalons d'un plan de campagne qui lui était habituel : celui d'attendre que l'ennemi vînt à elle au lieu d'aller à lui.

Mais, à son grand dépit, Pépita vit son espoir déçu. Léopold, quoique assez disposé à ajouter son nom sur la liste des adorateurs de Pépita, se tint, prévenu par Sosthène des ruses de la danseuse, sur un prudent qui-vive. L'aspect de la réunion était, d'ailleurs, assez nouveau pour lui, pour qu'il pût se distraire aisément de l'impression fascinatrice que lui avait fait éprouver le regard de la sirène. Ces jeunes hommes, ces femmes, presque toutes charmantes, qui se pressaient autour d'un tapis vert, dans ce salon ruisselant de lumière, embaumé des parfums des fleurs les plus rares, ces cris, ces rires, ces pièces d'or, ces cartes qui voltigeaient de l'un à l'autre, tout cela étourdissait Léopold en lui faisant monter d'étranges pensées au cerveau.

—Eh bien ! cher ami, fit de Morière, qui, apercevant le jeune homme isolé, s'empressa de venir à lui, vous ne vous amusez pas trop encore, il me semble ?

—Mais, en effet, repartit Léopold en souriant, je vous avoue que je suis un peu dépaysé ici ! Je ne connais personne et c'est mal à vous de m'avoir abandonné si vite et si longtemps à moi-même !...

—Vous avez raison ! entraîné par le désir de gagner quelques louis, j'ai traîtreusement négligé mes devoirs de cicerone... et le ciel m'en a puni...

—Vous avez perdu beaucoup ?

—Non... une centaine de francs ! Oh ! je rattraperai cela,... mais occupons-nous de vous, vous dites que vous ne connaissez personne ici... et de Lierville et de Mondion avec lesquels vous vous êtes rencontré hier à l'Opéra... et, là-bas, la Rounay, Juvigny, qui nous accompagnent depuis quelques jours au bois ?

—Ces messieurs m'ont salué à mon arrivée.... MM. de Mondion et de Lierville sont même venus me serrer la main... mais ils me paraissent maintenant si acharnés au jeu que je craindrais de les contrarier en leur demandant une minute de conversation...

—Eh ! eh ! il est certain qu'à l'exception de nous deux et de la maîtresse du logis qui s'occupe de donner des ordres, tout le monde joue ici avec une rage incroyable.

—Ces messieurs, je le leur pardonne très-volontiers, mais ces dames... une telle passion...

—Mon cher, les lorettes raffolent du jeu, quel qu'il soit, et elles possèdent un talent tout particulier pour y égaliser les chances... Quand le sort leur est favorable, elles ramassent très-joliment leur gain, quand elles perdent elles ne payent pas... Vous voyez qu'elles ne risquent pas grand'chose à être joueuses.... Mais, à propos, et Pépita ? vous a-t-elle parlé ?

En une demi-heure Léopold eut perdu vingt-cinq louis. — Page 17, col. 2.

—Elle ne m'a même pas regardé!... et, franchement, si vous ne m'aviez prévenu qu'elle n'agit de la sorte que par suite d'une coquetterie raffinée, j'aurais été disposé à taxer sa conduite d'impertinence!... on doit avoir, lorsqu'on reçoit, plus d'égards pour les étrangers.

—Allons donc, mon bon petit.., est-ce qu'il faut faire attention à cela; ces dames ont le privilège d'être impertinentes autant qu'il leur convient... Mais nous avons le droit de ne point nous gêner avec elles; elles ne nous regardent pas... on leur tourne le dos, voilà tout. D'ailleurs, je vous l'ai dit, Pépita n'a jamais l'air si froid que lorsqu'elle brûle... Vous devez lui plaire, elle est libre pour l'instant, attendez qu'elle renonce de guerre lasse à ses façons de sultane... Tenez, pour vous distraire, venez prendre une leçon de lansquenet... c'est un jeu de la force du jeu d'oie, mais il suffit qu'il soit à la mode pour qu'on le trouve délicieux...

Léopold suivit son cousin. A l'approche du jeune marquis, ceux des joueurs qui le connaissaient s'écartèrent pour lui faire place, et ces dames daignèrent lever les yeux sur lui.

—Vous êtes des nôtres, monsieur de Bracy, s'écria de Lierville... c'est très-aimable à vous!...

—Pas si aimable, peut-être, repartit Léopold, je serai fort gauche à cause de mon manque d'habitude... mais je réclame de l'indulgence...

—Vous n'avez pas besoin d'indulgence et vous serez dans un instant aussi savant que nous, fit d'un ton précieux de Mondion qui se trouvait à la gauche de Léopold.

Ce dernier ne fut pas longtemps, en effet, à comprendre que ce jeu si en vogue n'était nullement de nature à fatiguer l'intelligence.

—Est-il possible, se dit-il après avoir suivi quelques coups, que des gens raisonnables passent des soirées entières à retourner ainsi bêtement des cartes les unes sur les autres? Mais s'ils tiennent tant à se gagner mutuellement leur argent, que ne jouent-ils à pair ou non, cela aurait du moins l'agrément d'aller beaucoup plus vite?

En une demi-heure Léopold eut perdu vingt-cinq louis. Ce fut un certain vicomte de Lucenay qui lui en enleva la plus grande partie. Ce vicomte de Lucenay était un petit brun, aux moustaches retroussées, à l'œil moqueur, à la voix stridente, aux manières plus que lestes avec ces dames. Léopold le voyait pour la première fois.

Sa bourse était vide, de Bracy s'apprêtait à se retirer.

—Voulez-vous de l'argent, mon ami? fit de Morière à son oreille.

—Je vous remercie, répliqua tout haut le marquis; ce jeu me paraît très-peu divertissant, et je m'en tiendrai là pour ce soir.

—On trouve tous les jeux ennuyeux quand on y perd, s'écria de Lucenay, en promenant un regard sardonique autour de lui.

Léopold considéra une seconde le vicomte; la figure de ce monsieur lui déplaisait souverainement, et la quasi-impertinence qu'il venait de lancer lui déplut davantage.

—Vous vous trompez, monsieur, fit-il en s'adressant directement à lui; ce n'est point parce que j'y ai perdu que je trouve ce jeu ennuyeux, c'est parce que vous y gagnez...

—Comment! Qu'est-ce à dire? murmura le vicomte en se levant.

Mais Léopold n'était plus là. Tandis qu'une voix s'écriait d'un ton d'autorité: «Allons! allons! messieurs, pas de discussions au jeu,» une petite main potelée pressait le bras du jeune homme, et l'entraînait doucement hors du salon.

Cette voix, cette main appartenaient à Pépita.

Léopold avait répondu tout ce qu'il voulait répondre à ce monsieur aux épigrammes, et loin d'en vouloir à la danseuse de s'être interposée entre eux, il se trouva agréablement surpris de cette marque d'intérêt. Pépita l'avait emmené dans un élégant boudoir, éclairé seulement par une lampe d'albâtre suspendue au plafond. Des portières de velours assourdissaient le bruit du salon ; elle était assise auprès de lui sur une méridienne, et elle lui souriait de son plus fin sourire en lui disant :

—Comment! monsieur de Bracy, vous êtes mauvais joueur?

Léopold feignit de ne point entendre ce reproche ; il s'empara de la main qui reposait encore sur son bras et la porta à ses lèvres.

—Ceci n'est point répondre, reprit Pépita en minaudant ; je vous ai amené ici pour vous gronder, monsieur, et...

—Grondez-moi tant qu'il vous plaira, madame, interrompit Léopold, je vous laisserai faire, tout à la joie que j'éprouve que vous ayez enfin daigné vous occuper de moi !

—Enfin? que signifie cet *enfin*? s'écria Pépita avec une grimace pudibonde.

—Je veux dire, madame, que je vous ai aimée dès le premier instant que je vous ai vue, et que j'ai eu bien peur, à votre accueil, d'en être pour mon amour.

Pépita sourit ; elle devinait que Léopold n'avait pas été dupe de ses allures sévères ; mais comme elle se sentait un vif penchant pour lui, elle préférait pardonner à la perspicacité du jeune homme au plaisir d'avoir l'air de s'en fâcher.

—Je vous remercie de votre compliment, reprit-elle ; je reçois donc bien mal les personnes qu'on me présente? Et cela ne vous a pas empêché de m'adorer tout de suite! C'est à faire à vous, monsieur le marquis ; mais je crains qu'un cœur qui s'enflamme si vite ne s'éteigne de même.

—Mettez-le à l'épreuve, répliqua vivement Léopold.

—Qui sait? J'essayerai peut-être. Venez me prendre demain à la sortie du théâtre, je ne suis que du premier acte du ballet, nous causerons sérieusement.

Pépita, en prononçant ces mots, s'enfuit comme une sylphide qu'elle était.

Léopold l'avait suivie des yeux... Quand elle eut disparu, il resta quelques minutes pensif, puis il quitta à son tour le boudoir en laissant échapper un soupir.

Que disait ce soupir? Était-ce seulement à Pépita que Léopold songeait alors?

Le rout de la danseuse se prolongea jusqu'au jour ; mais à trois heures, Léopold et son cousin se retirèrent.

—Eh bien! s'écria le baron en montant en voiture près de Léopold, que s'est-il passé dans le boudoir? Elle s'est humanisée, n'est-ce pas? j'en étais sûr... Vous avez rendez-vous?

—Pour demain.

—C'est parfait! Un conseil, maintenant, mon ami, avant de vous embarquer dans cette intrigue. Pépita est jolie, mais il y a mille femmes aussi jolies qu'elle ; n'allez donc pas vous amouracher de votre conquête, et la conserver longtemps. Il n'y a que les fous qui aiment des danseuses plus d'un mois, et les imbéciles qui se ruinent pour elles. Soyez convenable, votre fortune vous permet de bien faire les choses. Soyez aimable, Pépita le mérite ; mais rappelez-le-vous, soyez aussi sans pitié au premier nuage qui s'élèvera dans votre félicité ! Brisez alors, brisez vite! une rupture à point est, en amour, le meilleur moyen d'éviter le dégoût et les regrets.

Ceci posé, un second conseil, je vous prie : vous avez eu tort, ce soir, de vous emporter contre de Lucenay. Règle générale, lorsqu'on est malheureux au jeu, il est du meilleur ton de supporter avec calme les plaisanteries plus ou moins spirituelles de ceux qui gagnent.

—Mais votre M. de Lucenay m'a dit une sottise!

—Je ne nie point que de Lucenay ne soit un sot! mais cela ne prouve pas qu'il faille que vous le lui appreniez en pareille circonstance. Fi donc! une querelle à propos de lansquenet! Si cela avait été plus loin, on aurait dit que vous vous étiez battu de chagrin d'avoir perdu quelques louis! Non! non! croyez-moi, si vous ne voulez pas continuer de vivre, comme vous l'avez fait jusqu'ici, dans le giron maternel, habituez-vous bien vite au ton des gens que vous fréquenterez! Dans le monde où Mme votre mère vous conduira sans doute, lorsque le terme de son deuil et l'oubli de ses anciens chagrins sera arrivé, vous n'aurez pas à redouter de scènes du genre de celle de ce soir! La bonne compagnie a plus de formes que la mauvaise... mais elle a bien aussi son côté faible, je vous jure... et si elle est plus polie, elle est aussi moins amusante... Ceci est triste à dire moralement parlant, mais c'est la vérité...

Quand vous vous retrouverez à une soirée de lions et de lorettes, mettez-donc toute susceptibilité de côté! Si l'on vous plaisante, plaisantez!... égratignez! si l'on vous égratigne! mais ne vous avisez plus de riposter à un coup d'épingle par un coup de massue! cela vous entraînerait au coup d'épée, et, ma foi ! il est assez d'occasions sérieuses dans la vie où l'on se trouve obligé de mettre en jeu son existence sans la risquer encore pour des niaiseries !

Et là-dessus, au revoir, mon ami! Pardon de ce long discours, mais je me suis engagé à mettre ma sagesse au service de votre inexpérience... et Télémaque, j'espère, ne répudiera jamais Mentor!

—Pas même pour Eucharis, fit Léopold en riant.

La voiture était arrivée rue Richer, à l'hôtel de Bracy. Les deux cousins se séparèrent.

Léopold, avant de se mettre au lit, passa deux grandes heures à écrire à sa mère. Au sortir de cette réunion dont les manières et le langage l'avaient si désagréablement impressionné, l'ex-paysan éprouvait, sans s'en rendre compte, un charme ineffable à revenir quelques instants sur le passé.

———◆———

VII

L'AMOUR A PARIS

Léopold, en peu de jours, devint l'amant de Pépita et, chose extraordinaire, Pépita devint amoureuse de son nouvel amant. Quoique la danseuse touchât à ses vingt-trois ans et qu'elle eût déjà six ans de planches, il lui restait encore un peu du cœur que Dieu lui avait donné à sa naissance. Le jeune marquis de Bracy, avec sa physionomie si belle et si pure, sa voix harmonieuse, sa parole douce et franche, ses manières pleines de simplicité, l'avait surprise d'abord et, ensuite, enchantée. Pépita se connaissait dix, vingt adorateurs qui lui avaient crié à genoux, ou dans des lettres brûlantes sur papier parfumé : « je vous adore, ma charmante, ayez pitié de moi! » elle ne s'en rappelait pas un qui lui eût dit avec l'accent et le regard de Léopold : « Pépita, je vous aime ! »

Pour Léopold, aux premiers temps de sa liaison avec Pépita, il oublia tout : le passé, le présent, l'avenir... tout! jusqu'à Louise... jusqu'à sa pauvre mère, Catherine, à laquelle il n'écrivit pas une fois d'un grand mois!

Cher enfant! il était si jeune et Pépita était si jolie! A coup sûr si Catherine avait connu Pépita, elle eût pardonné à son fils sa négligence... Quant à Louise, je ne présume pas qu'elle se fût montrée aussi indulgente.

Le baron de Morière avait prévu ce qui arrivait et il laissa son élève s'enivrer tout à son aise, à cette coupe inconnue pour lui, sans chercher maladroitement à la briser entre ses mains. Pendant un mois, nous l'avons dit, Léopold ne quitta point Pépita; pendant un mois Pépita ne désira pas d'autre bonheur que celui d'être seule avec son amant.

Mais ces trente jours écoulés, une foule de petites contrariétés surgirent au sein de cette passion qui s'était montrée, jusque-là, si forte contre toute mauvaise pensée.

Pépita se prit à réfléchir au lieu de se fâcher quand ses amies se moquèrent de sa *bêtise* avec ce petit gentilhomme qui ne lui avait jamais donné qu'une bague de vingt louis et un cachemire de cinquante.

De Morière prononça négligemment ces mots, un soir qu'il se promenait avec Léopold, en lui montrant d'un lion fumant son cigare en face Tortoni :

—Tiens! voici votre prédécesseur en amours, mon bon; c'est le comte d'Herbelle... il a gardé Pépita six semaines et ça lui a coûté dix-huit mille francs.

Enfin, Mme de Bracy elle-même aida à rappeler Léopold à la raison.

C'était un matin. Le marquis était allé, comme d'habitude, présenter ses respects à sa mère. Mme de Bracy semblait émue en tendant sa main à baiser à Léopold et comme, ce devoir accompli, il s'apprêtait à se retirer, elle le retint doucement d'un geste et lui dit:

—Vous me négligez bien depuis un mois, mon ami. Vous ne dînez plus à l'hôtel et vous ne rentrez que fort tard le soir. Je croyais mériter plus d'égards et que vous n'oublieriez pas si vite que j'ai pour vous plus que de la reconnaissance... une véritable affection.

Léopold s'inclina et sortit sans répondre, mais ce reproche si délicatement énoncé l'avait touché. Par un retour sur lui-même, il rougit de son ingratitude :

—Est-ce donc à dire, pensa-t-il, parce que je sais lui être utile que je me crois autorisé à traiter cette femme avec indifférence! Oh! elle pourrait prendre ma conduite pour le résultat d'un calcul... et je ne dois pas lui laisser cette pensée plus longtemps! Pépita est charmante, mais est-ce bien elle que je voyais dans mes rêves de là-bas! *Là-bas!*...

Et, à ce moment, Léopold rougit... il se souvint de sa mère et de Louise.

Le soir même,—ce fut le lendemain du jour où Sosthène lui avait montré le dernier amant de Pépita, —le soir même Léopold, au lieu d'aller chercher la *danseuse* à son théâtre comme il le lui avait promis en la quittant la veille, lui expédia son valet de chambre.

Le valet de chambre était porteur d'une lettre et d'un paquet à l'adresse de Pépita. La lettre contenait ces mots : « Des affaires indispensables vont me retenir quelque temps éloigné de vous, ma chère amie, ne m'en veuillez pas et, pour me le prouver, acceptez cette bagatelle que je souhaite de votre goût. »

Le paquet renfermait une broche magnifique, à fond de brillants entouré de perles fines.

Pépita répondit au marquis :

« Vous auriez grand tort de vous gêner pour moi, mon bon ami, et je reçois vos excuses. Votre broche est délicieuse et fait l'admiration de tout le corps de ballet. Au revoir. Je compte que vous viendrez me surprendre agréablement sitôt que vos affaires vous le permettront. »

Ce fut là tout le dénoûment de ces amours qui avaient eu un véritable moment de délire de part et d'autre. La danseuse soupira bien, par-ci, par-là, en pensant à Léopold : Léopold fut triste quelques jours

en se rappelant les charmes et les grâces de Pépita, mais, de chaque côté, on demeura fidèle à sa résolution: celle de ne point renouer une liaison trop périlleuse à cause même de son agréable excentricité.

Mme de Bracy vit, avec une joie qu'elle ne chercha pas à dissimuler, Léopold revenir assidu près d'elle et reconnaissante du sacrifice qu'il lui avait fait elle, se montra plus aimable et plus dévouée que jamais pour celui qu'elle appelait son fils. Elle voulut être au courant de ses moindres actions et, en attendant qu'elle partageât quelques-uns de ses plaisirs, tels que le spectacle et les concerts et qu'elle lui en procurât d'une espèce plus recherchée en le menant dans le monde ou en recevant elle-même, elle le priait souvent, quand le soleil d'hiver montrait ses pâles rayons, de l'accompagner en calèche, à la promenade. Seule avec lui, alors, des heures entières elle se plaisait singulièrement à exciter sa confiance... elle semblait craindre qu'il ne se trouvât point heureux... qu'il eût des désirs... des regrets peut-être...

Léopold, cependant, répondait toujours aux questions de la marquise d'une manière qui devait la rassurer.

Et, en effet, qu'eût-il demandé de plus à une fée, —j'admets qu'une fée se fût présentée à lui jadis alors qu'il n'était qu'un pauvre paysan,—qu'eût-il demandé de plus que ce dont le hasard l'avait gratifié? Il était riche, il avait un beau nom, s'il devenait ambitieux il lui était facile de satisfaire son ambition!...

Je sais bien qu'au-dessus de cette position brillante, planait, comme l'épée de Damoclès, cette pensée fatale, que le hasard qui lui avait tout donné pouvait aussi tout lui ravir !

Mais l'épée était si haut et le lien qui la tenait suspendue, paraissait si solide!.. Léopold ne levait les yeux vers elle que rarement... il s'habituait à jouir et dédaignait de craindre.

Néanmoins un premier événement vint l'arracher brusquement à cette quiétude en lui prouvant qu'il ne devait point compter que sur des plaisirs dans son rôle de grand seigneur.

Un mois s'était passé depuis sa rupture avec Pépita qu'il n'avait revue qu'une ou deux fois, en passant, à de longs intervalles, lorsqu'il reçut une invitation de la danseuse à un bal qu'elle donnait en collaboration de quelques autres dames de l'Opéra, au café Corazza.

Cette invitation coûtait vingt francs. Le bal de Pépita était un bal par souscriptions. Le bal par souscriptions, c'est la ressource ordinaire et presque toujours certaine,—quand elles sont bien posées,— des lorettes à court d'argent.

—Irez-vous à ce bal? fit Léopold à Sosthène qui avait aussi reçu son billet rose.

—Pourquoi pas? repartit Sosthène; nous nous amuserons peut-être. Que diable! mon cher, c'est très-bien de ne point passer sa vie avec ces dames, mais il ne faut pas, non plus, les abandonner tout à fait. Si je vous laissais faire et si j'écoutais, surtout, Mme votre mère, vous tourneriez à l'homme sérieux... et vous êtes encore trop jeune pour cela !

Les deux cousins allèrent donc au bal du café Corazza. Il y avait un monde fou : tous les gentilshommes, tous les princes russes, tous les lords de Paris; toutes les lorettes, tous les rats de la Boule-Rouge et du quartier Bréda. Les salons de l'établissement étaient étincelants de luxe. L'ordre du service et la profusion des rafraîchissements faisaient le plus grand honneur aux patronnesses de la fête.

Pépita fut charmante avec Léopold; elle portait à son corsage de damas de soie rose le bijou qu'il lui avait donné, et elle l'invita elle-même pour la première valse.

De son côté, le jeune marquis éprouva presque du chagrin en revoyant la danseuse si jolie, et de la jalousie, des hommages dont elle était entourée.

Mais Sosthène veillait sur son élève, et, au moment où celui-ci suivait mélancoliquement de l'œil Pépita qui causait au bras d'un beau cavalier, l'impitoyable baron s'écria, en s'approchant de son cousin :

—Oh! oh! Léopold, il n'est pas gentil de votre part de regarder ainsi cette petite! vous la gênez... Elle est en train de poser les conditions d'un traité d'alliance avec un secrétaire de l'ambassade russe, M. de Sowinki,.. ce grand blond qui la presse si tendrement contre lui. Passons dans la salle de jeu, nous verrons si vous serez plus heureux que la première fois au lansquenet... et surtout souvenez-vous de mes leçons. Que vous gagniez ou que vous perdiez, et quoi qu'on puisse vous dire, point d'inutiles emportements.

—Soyez tranquille, je suis décidé, désormais, à me montrer très-raisonnable; mais, pardon! vous tenez donc essentiellement à ce que je pratique le lansquenet?

—Essentiellement n'est pas le mot; mais il faut bien s'occuper. Si vous étiez un danseur enragé, je ne vous presserais pas; mais, comme moi, je présume, cela ne vous divertit que médiocrement, de remuer vos jambes au son de la musique?

—Mais cela ne m'ennuie pas de regarder danser, du moins; et cela m'ennuie de jouer au lansquenet.

—Bah! vous n'aurez pas plutôt gagné quelques centaines de francs que vous y prendrez goût. Allons, venez! j'ai confiance en vous aujourd'hui, et si vous voulez, vous ferez la banque pour nous deux?

Moitié souriant, moitié fronçant le sourcil, Léopold se laissa entraîner par le baron. Ils se dirigèrent ensemble vers la salle de jeu.

Le lansquenet était alors dans toute sa vigueur. Deux heures sonnaient, et l'on comptait déjà des pertes assez importantes.

—Taillez de cent francs, fit Sosthène, en poussant le marquis au tapis vert, et pariez deux louis à tous les seconds coups. Je ne jouerai point, moi, et il est convenu que nous sommes de moitié.

Léopold prit place ainsi que le baron l'exigeait; mais comme il tirait sa bourse de sa poche, en saluant plusieurs de ces messieurs, il se sentit désagréablement impressionné à l'aspect d'un des joueurs dont le visage s'était également troublé à l'approche du marquis.

Ce joueur c'était le vicomte de Lucenay.

Pourquoi ces deux hommes se trouvaient-ils pris de la sorte d'une émotion pénible en se revoyant inopinément au bout d'un mois? Avaient-ils donc peur l'un de l'autre? Non, leur cœur palpitait d'une antipathie profonde, et ils pressentaient instinctivement tous deux l'approche imminente d'une catastrophe. Sans doute le souvenir de la scène chez Pépita était pour beaucoup dans ce sentiment répulsif, mais leur aversion mutuelle ne provenait pas tout entière de cette puérile querelle. Léopold éprouvait de la gène et de l'ennui en face de de Lucenay, et de Lucenay ressentait une impression semblable devant Léopold de même que certaines personnes, sans définir la cause de leur malaise, sont glacées à la vue d'un animal souvent inoffensif, à l'odeur particulière d'une fleur ou d'un fruit, au son d'un instrument inconnu. Il existait seulement cette différence entre Léopold et de Lucenay que la première pensée de Léopold avait été de regretter de revoir de Lucenay, tandis que de Lucenay, tout en changeant de couleur à l'approche de Léopold, n'avait songé qu'à saisir, si elle se présentait, l'occasion de se venger d'un mot dont il n'avait pu oublier l'impertinence.

Cependant Léopold s'était bientôt remis. Il avait même souri à Sosthène, qui s'était penché à son oreille, en lui disant : « Votre ennemi intime est là. » Puis, d'une main ferme, il avait pris les cartes qu'on lui présentait pour sa banque, et passé quatre

fois de suite le plus imperturbablement du monde.

Le début de son associé enthousiasma Sosthène.

—J'étais bien sûr que nous gagnerions! s'écria-t-il.

La fortune, en effet, avait adopté ce soir-là le jeune marquis pour son enfant chéri. Pendant une heure il fit ce qu'il voulut : banquier comme parieur, il gagna constamment.

Tout le monde autour de la table s'extasiait sur cette chance miraculeuse... Tout le monde, excepté de Lucenay qui perdait son or sans desserrer les dents.

Quant à Léopold, la prospérité le fatiguait plus que ne l'eût fait une veine contraire. Plusieurs fois déjà il avait dit tout bas à Sosthène:

—J'en ai assez; prenez ma place, je vous prie.

Mais le baron s'y refusait obstinément. Sa part de gain montait toujours, et il ne voyait pas qu'il fût urgent de risquer de s'arrêter en si beau chemin en se rendant aux vœux de son parent.

Un coup formidable s'engagea. Léopold taillait encore; il y avait six mille francs sur le tapis.

Notre héros voulait lasser la complaisance de la déesse aveugle : il avait passé cinq fois, et il ne s'était point retiré.

Il gagna par ce qu'on appelle au lansquenet la *carte impossible*.

Un hourra d'étonnement accueillit l'apparition de cette carte,—c'était un valet,—la seule de cette espèce qui restait dans le petit nombre de celles que tenait à la main le banquier.

Léopold étouffait. Une sueur froide perlait le long de ses tempes. Ces cris de surprise résonnaient comme des cris d'insulte à son oreille; et son regard, irrésistiblement attiré par celui de de Lucenay, cherchait à y lire une pensée provocatrice, tout en désirant de ne l'y point trouver.

On va voir que Léopold avait eu raison de redouter cette partie de lansquenet.

Comme, après avoir gagné le coup de six mille francs, et sourd aux instances de Sosthène le marquis laissant sur la table tout son gain, — c'est-à-dire trois ou quatre mille écus,—se disposait à se retirer en priant son cousin de donner, à son tour, leur revanche à ces messieurs, ces mots, adressés froidement par de Lucenay à l'un des joueurs, mais de façon que tout le monde pût les entendre, firent tressaillir Léopold.

—C'est cela, disait le vicomte, *il fait Charlemagne* aujourd'hui! Ce petit marquis a une chance non pas de bâtard, mais de fils de...

S'élancer par-dessus la table et saisir l'insolent à la gorge avant qu'il eût achevé sa phrase, fut pour Léopold l'affaire d'un quart de seconde. Un cri d'effroi s'éleva du milieu de cette foule. De Lucenay seul ne cria pas, sa figure s'était empourprée sous les doigts de fer de l'ex-paysan; ses bras, sans force, pendaient le long de son corps, et ses yeux, démesurément ouverts n'avaient qu'une expression : celle de la douleur.

<hr>

VIII

ENCORE M. DE LUCENAY

Boisfleuri était un singulier personnage : il y avait vraiment du bon en lui, quoique la justice se fût, certes, montrée fort peu disposée à lui reconnaître du mérite, dans le cas où elle aurait eu à lui demander compte de s'être fait l'instigateur et le complice du crime de substitution d'enfant en matière d'héritage.

Nous, dont la tâche est de raconter et non de nous ériger en juge des personnages de notre histoire, nous revenons avec plaisir à notre intendant,—tout en confessant que nous ne le considérons pas comme un parfait honnête homme,—parce qu'à notre avis, nonobstant ses antécédents, Boisfleuri ne nous paraît pas manquer de certaines qualités.

Ainsi, quel profit avait-il retiré de ce crime, qui pouvait l'envoyer finir ses jours en prison? Un fripon vulgaire eût voulu partager,—à la manière du lion de la fable, peut-être,—cette fortune que, par ses soins, il aurait conservée à la marquise.—Le même fripon eût encore été très-susceptible de s'enfuir ensuite sans se soucier de ce qui pourrait advenir un jour à ses complices et en se riant de leurs reproches. Boisfleuri n'avait pas eu un seul instant la pensée d'une pareille action. Avant d'être l'intendant du marquis de Bracy, il avait connu la misère; et, en cherchant à conserver,—par un moyen répréhensible, il est vrai, mais le seul qu'on pût employer.—à la veuve de son maître, des richesses qui lui échappaient, il avait obéi autant à un sentiment d'amitié et de reconnaissance qu'à un instinct personnel. Sans doute il s'était dit alors : — Si la marquise est pauvre... que deviendrai-je moi? mais en caressant le stratagème hasardeux, qui devait arrêter la marche du malheur; l'ambition de Boisfleuri se bornait à conserver sa place d'intendant, et maintenant encore que tout avait réussi à souhait, ses désirs n'allaient pas plus loin que ce qu'il possédait : une bonne table, un logement confortable au troisième étage de l'hôtel, un bon feu en hiver, une bourse honnêtement garnie et le droit de monter quand il lui convenait, un des chevaux de l'écurie, Fritz, un anglais pur sang dont notre ancien soldat affectionnait le trot.

Encore une fois, se contenter de peu lorsqu'on n'a qu'à vouloir pour obtenir beaucoup, c'est, selon nous, une vertu. Les rigoristes ont le droit de jeter la pierre à Boisfleuri, nous romancier, nous ne lui voterons point des couronnes, mais nous ne nous empresserons pas de l'envoyer à la potence.

Boisfleuri, après avoir donné à Léopold,—aidé en cela par Mme de Bracy,—les notions indispensables à son emploi de fils de famille, qui a passé sa jeunesse à voyager, s'était encore attaché, nous l'avons vu, à faire part à l'ancien paysan des quelques talents qu'il possédait, entre autres l'escrime et l'équitation. Puis lorsque Léopold suffisamment édifié, quant au passé, et convenablement instruit, soit par Boisfleuri, soit par des professeurs spéciaux, quant au présent, s'était décidé, d'après les conseils mêmes de la marquise, à sortir de cette vie casanière et à accepter les services de son cousin, Boisfleuri avait dit solennellement au jeune homme :

—Vous allez vivre maintenant plus éloigné de moi, mon ami, mais vous n'oublierez jamais, n'est-ce pas, que dans les circonstances difficiles c'est moi, avant tout autre, que vous devrez consulter. Songez bien qu'il nous est défendu de nous séparer longtemps, madame la marquise, vous et moi et que ce qui affectera l'un sera nécessairement une peine pour les autres.

Partant de ce principe, qu'il ne fallait pas qu'il cessât de veiller, pour leur sûreté commune, sur ce jeune homme dont l'existence si paisible la veille allait à se heurter contre tant d'événements, Boisfleuri, sans exiger maladroitement qu'on lui rendit des comptes, s'était toujours arrangé de manière à savoir ce que faisait Léopold. Jusqu'à ce moment tout s'était passé au gré de l'intendant. Des dîners, des spectacles, des promenades, enfin une amourette avec une danseuse... il n'y avait rien là dedans que de très-ordinaire, et Boisfleuri ne pouvait pas craindre qu'en continuant à se conduire ainsi, le marquis risquât de compromettre sa position et sa fortune, ou plutôt *leur* position et *leur* fortune.

Mais le destin ménageait un coup imprévu, et d'autant plus redoutable, à Boisfleuri.

Le marquis de Bracy avait été insulté publiquement par le vicomte de Lucenay, et quoiqu'il eût failli le punir à tout jamais de son offense en l'étranglant, de Bracy devait encore obtenir une réparation du vicomte les armes à la main, et cette rencontre avait été fixée au lendemain par les témoins respectifs des deux adversaires.

C'était pour lui parler de ce duel que Léopold, à son retour à l'hôtel, sur les trois heures du matin, avait ordonné à son valet de chambre d'aller réveiller Boisfleuri.

La première idée de l'intendant, arraché aux douceurs du sommeil, fut que l'ex-paysan commençait à trop singer le grand seigneur;—les gens qu'on réveille sont, en général, plutôt disposés à se fâcher qu'à être utiles,—mais, tout en s'habillant à la hâte, Boisfleuri réfléchit que Léopold n'était pas homme à le déranger sans raison, et l'inquiétude en tête, il descendit, quatre à quatre, à l'appartement du marquis.

—Je me bats en duel demain matin, ou pour mieux dire, ce matin, à neuf heures, mon cher Boisfleuri, fit Léopold.

A ces mots, qui accueillaient si brusquement son arrivée, l'intendant répondit par un bond prodigieux.

—Comment! Quoi! vous vous battez! s'écria-t-il, mais ce n'est pas possible!

Léopold sourit.

—Je conçois, reprit-il, que cette nouvelle vous épouvante. A quoi bon, n'est-il pas vrai, s'être donné tant de peine pour trouver un marquis si, au bout de quelques mois, ce marquis se fait tuer comme un fou d'un coup d'épée? Mais, continua plus sérieusement Léopold, quoi que vous puissiez craindre, il faut pourtant que ce duel ait lieu. Puisque je me nomme Léopold de Bracy, je ne dois pas souffrir qu'on outrage Léopold de Bracy!

Au reste, je suis assuré d'avance que vous ne blâmerez pas ma conduite en cette affaire.

Et Léopold, remontant à sa première querelle chez Pépita, raconta tout au long à Boisfleuri ses aventures au lansquenet, le mot infâme de de Lucenay et la façon dont lui, Léopold, s'était vengé d'abord.

Boisfleuri écouta silencieusement ce récit. Quand le marquis eut achevé, l'intendant secoua tristement la tête.

—Vous avez raison, fit-il, ce duel est inévitable à moins que... mais non... tout intéressé que je suis à votre existence, de toute façon, je ne veux pas l'abriter d'un péril, grâce à un moyen semblable... cela vous occasionnerait d'autres duels... on douterait peut-être de votre courage...

—De quel moyen parlez-vous?

—Oh! une ressource certaine en pareil cas... si votre rencontre eût eu une cause moins sérieuse... la police n'entend rien aux affaires d'honneur et, en la prévenant à temps...

—Allons donc! s'écria Léopold avec indignation, est-ce bien vous, vous, Boisfleuri, qui avez été soldat, qui me proposez...

—Je ne propose rien, reprit l'intendant d'un ton presque honteux... au contraire, puisque je suis d'avis que ce duel est malheureusement indispensable. Quels seront vos témoins?

—Sosthène de Morière et un de ses amis, le comte de Mondion.

—Vous êtes l'offensé, vous avez le choix des armes.

—Ces messieurs ont tout réglé avec les seconds de M. de Lucenay : nous nous battons à l'épée.

—A la bonne heure! Vous n'êtes pas un Saint-Georges, mais le fer ne tue pas comme le plomb...

Boisfleuri réfléchit encore quelques instants, puis, regardant à la pendule :

—Quatre heures bientôt, dit-il, tenez, Léopold, si vous m'en croyez, essayez de prendre un peu de repos; vous en avez besoin pour être calme demain comme à votre ordinaire. Pensez-vous que vous puissiez dormir?

Léopold sourit de nouveau.

—Mais très-bien, répliqua-t-il. La preuve, c'est que je vous attendais pour me coucher sitôt que je vous aurais appris cette histoire.

Boisfleuri arrêta un regard scrutateur sur les yeux limpides du jeune homme. Léopold ne faisait pas le bravache; Boisfleuri ne s'y trompa point.

—Oh! vous êtes un brave garçon, je le savais bien, s'écria-t-il en serrant familièrement la main de son maître.

—Bah! je n'ai pas grand mérite, repartit gaiement Léopold, je suis un peu superstitieux, mon ami, et je vous jure que je ne redoute rien de ce combat. Ce petit vicomte est trop insolent de sa nature pour avoir véritablement du courage. Ma main n'est pas très-habile, sans doute, mais à défaut de talent elle aura tant de fermeté que mon adversaire ne pourra la vaincre...

—Dieu vous entende! fit Boisfleuri à moitié tranquillisé par l'assurance du jeune homme. A bientôt! Nous prendrons, s'il vous plaît, avant de partir, une petite leçon, pour vous refaire la main.

—Soit! Surtout que la marquise ne se doute de rien.

—J'arrangerai cela. Nous prétexterons une partie de plaisir, un déjeuner avec votre cousin... Moi, je parlerai d'une visite à un ami.

—Vous m'accompagnerez donc?

—Parbleu! un vieux serviteur n'a-t-il pas le droit de suivre son maître partout?... En attendant, dormez, dormez bien! Et, encore une fois, fasse le ciel que vos pressentiments ne mentent pas.

L'intendant s'éloigna et Léopold se mit au lit. Cinq minutes après il dormait paisiblement.

⁂

IX

LE DUEL

Le duel devait avoir lieu à neuf heures, Léopold fut sur pied à sept. Il s'habilla à la hâte, puis il se mit à écrire.

En dépit de cette pensée, que sa rencontre avec M. de Lucenay n'aurait point de suites fâcheuses pour lui, le jeune homme près d'aller sur le terrain, avait voulu écrire à celles qu'il aimait... et une larme avait voilé ses yeux en traçant les dernières lignes adressées à sa mère et à Louise.

Boisfleuri entra dans l'appartement du marquis comme il terminait ses lettres.

—Tenez, mon ami, fit Léopold en désignant du doigt les billets placés dans une cassette, s'il m'arrive malheur, par hasard, vous n'oublierez pas d'envoyer cela à son adresse.

—Comment! repartit vivement Boisfleuri, est-ce que vous auriez peur ce matin, monsieur le marquis? Vous, que j'ai quitté si tranquille, il y a quelques heures?

—Je n'ai pas peur, sans doute; mais si des pressentiments fâcheux vous abusent parfois, pourquoi croirions-nous davantage à l'infaillibilité en fait d'espérances? Me promettez-vous d'accomplir cette prière?

—Oui, oui, je vous le promets; mais il vaut mieux que ces lettres restent où elles sont; et, pour cela, vous donnerez un bon coup d'épée à ce paltoquet de vicomte, et tout sera dit. Hum! hum! où en serions-nous, Mme la marquise et moi, si... si vous étiez tué enfin! Tenez, mon ami, je n'en ai pas dormi de la nuit! A part l'amitié que je vous porte, et qui est réelle, entendez-vous! je m'inquiète aussi de mon avenir et de celui de cette pauvre Mme de Bracy... Si l'on vous tuait; mais nous n'aurions plus qu'à

aller nous jeter, elle et moi, tout de suite du haut des tours Notre-Dame!

—Bah! Sosthène aime sa tante, et...

—C'est possible! mais je préfère croire à son attachement que de le mettre à l'épreuve. Et puis, votre mère, que dirait-elle?.. Pensez-vous qu'elle resterait tranquille à son village en apprenant votre mort?

—Ma mère! murmura Léopold.

—Allons, allons, continua l'intendant; encore une fois, ce M. de Lucenay doit seul rester sur la place. Songeons donc à le traiter en conséquence. Voici des fleurets... *travaillons* un peu... L'œil calme... la main prompte... couvrez-vous et effacez-vous bien... et, si vous m'en croyez, sitôt en garde, au moindre dégagement, pas d'hésitation, filez droit... Les coups droits sont les meilleurs!...

—Mais s'il rompt, comme vous le faites à présent?

—Ne bougez pas, vous! attendez-le!... Bien! très-bien!... Vous voyez qu'il faut que je revienne sur vous? Et vous recommencez de plus belle : on ne rompt pas toujours à propos.

L'intendant et le maître faisaient encore des armes quand on annonça MM. de Morière et de Mondion.

—Je suis à vous, messieurs, fit gaiement Léopold en allant au-devant de ses témoins.

—C'est donc vous, monsieur le baron, qui laissez se quereller votre cousin? dit Boisfleuri d'un ton doucement grondeur à Sosthène.

—Que voulez-vous? repartit ce dernier en riant, M. le marquis a des antipathies... Mais il n'y a rien à craindre; de Lucenay est très-maladroit, assure-t-on. Ah! ah! des fleurets?.. Vous peloticz en attendant partie, Léopold?

—Oui, c'est Boisfleuri qui m'apprenait une botte secrète.

—Ce bon Boisfleuri, comme il aime son maître!

—Je perdrais tout en le perdant, monsieur.

—Est-ce que vous venez avec nous, Boisfleuri?

—Si cela ne vous déplaît pas...

—Comment donc! c'est très-naturel. Mais Mme la marquise?

—Le valet de chambre de M. Léopold dira à madame que M. de Bracy est sorti avec vous... Que vous êtes venu le chercher pour déjeuner... Je vais donner des ordres en conséquence, n'est-il pas vrai, monsieur le marquis?

—Tout ce que vous voudrez, Boisfleuri.

—Attendez-moi donc une seconde, il faut que les domestiques même n'aient point de soupçons... Ah! monsieur Sosthène, vous avez apporté des armes, sans doute?

—Et des meilleures, ne vous occupez pas de cela.

Boisfleuri s'éloigna. Restés seuls, de Mondion et Sosthène s'amusèrent, à leur tour, à faire quelques passes avec Léopold. Sosthène était ravi du calme et de la gaieté de son cousin.

—Je sais bien, disait-il, que bon sang ne peut mentir; mais vous êtes jeune, Léopold, et il serait très-pardonnable qu'à votre première affaire vous fussiez légèrement affecté. Hein? moi, qui vous donnais de si prudents conseils, à la soirée de Pépita, sur la manière de se conduire pour éviter les duels... Je ne me doutais guère que vous mettriez si vite ma sagesse en défaut. Mais je ne vous reproche rien, aujourd'hui. Cet imbécile de de Lucenay s'est conduit indignement, et je voudrais fort que vous lui ôtiez l'envie d'être insolent désormais.

—Messieurs, je suis à vous! Joseph sait ce qu'il a à dire.

Boisfleuri rentrait.

—Partons donc, fit Sosthène, il est huit heures et demie... nous arriverons à temps au rendez-vous.

Quelques minutes après, la calèche de M. de Mondion emportait rapidement Léopold, les témoins et Boisfleuri à la porte Maillot.

On était vers le milieu du mois de mars; le temps

était magnifique; les boulevards, que parcourait la voiture, étaient déjà peuplés comme à midi.

De Mondion et de Morière causaient entre eux; Boisfleuri réfléchissait assez tristement, et Léopold regardait les promeneurs.

Tout à coup le jeune homme poussa un cri et avança vivement la tête hors de la portière.

Il venait d'apercevoir, au coin du boulevard des Capucines, vis-à-vis de la rue de la Paix, une jeune fille, coiffée d'un bonnet rose et portant un carton à la main.

—Qu'est-ce donc? qu'y a-t-il? firent à la fois Sosthène, de Mondion et Boisfleuri.

Léopold regardait encore; mais la jeune fille avait disparu, ou plutôt la voiture était déjà bien loin d'elle.

—Ce n'est rien! ce n'est rien, messieurs, répliqua-t-il en essayant de dissimuler son trouble sous un sourire.

La jeune fille qu'il avait aperçue au passage, c'était Louise.

Sosthène et le comte n'osèrent, par discrétion, insister. Quant à Boisfleuri, son regard inquiet interrogeait Léopold; mais Léopold ne lui répondait pas.

La vue de la Porte-Maillot fit diversion à cet incident. Léopold lui-même, en saluant son adversaire, qui se trouvait avant lui au rendez-vous, laissa de côté l'image de la jeune paysanne pour ne s'occuper que du soin de défendre sa vie.

On se dirigea vers un endroit désert du bois.

Les témoins examinèrent les armes qu'on avait apportées de part et d'autre. Celles de Sosthène furent choisies.

Léopold et le vicomte engagèrent le fer.

Un silence religieux régnait autour des combattants.

Sosthène, pour Léopold, et un nommé de Neuville, pour de Lucenay, se tenaient, l'épée à la main, l'un à la droite, l'autre à la gauche de ces messieurs, prêts à parer les coups qui leur paraîtraient trop dangereux.

Léopold attaquait vigoureusement. Léopold était très-pâle, mais son œil brillait comme d'ordinaire.

De Lucenay rompait sans cesse; son visage se couvrait de plus en plus de teintes livides; son œil était terne.

Emporté par son ardeur, et voulant terminer enfin le combat, le marquis, obéissant aux leçons de Boisfleuri, se fendit à fond subitement par un coup droit.

Le vicomte rompit encore; mais comme cette fois, au lieu de l'attendre au retour, Léopold, après s'être relevé, s'élançait sur son adversaire, l'épée de ce dernier l'arrêta court : il était blessé au sein droit.

—Ma mère! balbutia-t-il.

Il chancela; et sans Boisfleuri et Sosthène, qui le reçurent dans leurs bras, il tombait comme une masse inerte.

———————

X

L'AMITIÉ DE Mme DE BRACY

Quand Léopold revint à lui, il se trouva couché dans son appartement. Un homme était assis près de son lit, cet homme était un médecin; derrière le docteur se tenaient Mme de Bracy, et un peu plus loin Boisfleuri.

En voyant Léopold ouvrir les yeux, Mme de Bracy poussa un gémissement de joie.

—Il vit! il vit! s'écria-t-elle.

—Calmez-vous! calmez-vous, madame, fit, à voix basse, le médecin. Je vous l'avais dit, la blessure n'est pas dangereuse, le sang que M. votre fils a perdu a seul causé cette longue faiblesse... Souffrez-vous, monsieur? continua-t-il en s'adressant au blessé; ne parlez pas, cela vous fatiguerait.

Léopold se sentait sans force, mais il n'éprouvait de douleur nulle part; il secoua doucement la tête.

Le docteur lui prit la main, et compta quelque temps les pulsations du pouls, puis Léopold le vit s'éloigner avec Boisfleuri.

La marquise s'avança alors sur le bout du pied, et s'assit dans le fauteuil resté libre, au chevet du lit.

—Que vous êtes bonne! madame, et...

Mais Léopold n'acheva pas la phrase que l'expression affectueuse du visage de la marquise lui avait suggérée. Un doigt effilé s'était posé sur sa bouche, et ces mots résonnaient à son oreille, doux comme le bruit lointain de la brise :

—Ne parlez pas, mon ami; vous l'avez entendu, le docteur le défend! Dormez; je ne vous quitterai pas un instant... et, pourtant, le méritez-vous bien! méchant, qui disposez de vos jours sans vous inquiéter de votre mère... car je suis votre mère... n'est-ce pas, Léopold? Oh! si vous saviez comme je vous aime! c'est pour l'honneur du nom que je vous ai donné que vous vous êtes battu! Mais pourquoi aussi être allé à ce bal? Quand vous serez guéri, vous ne sortirez plus qu'avec moi... Je vous en supplierai, et vous ne voudrez pas m'affliger, je l'espère...

Dormez, dormez, mon ami! dormez sans crainte, je veillerai près de vous; dormez! et à votre réveil, peut-être, vous sera-t-il permis de causer un instant.

Et Léopold sentit une main légère qui relevait ses oreillers, un souffle parfumé qui rafraîchissait son front brûlant de fièvre; et il ferma les yeux et s'endormit.

Les malades sont comme les enfants : ils se plaisent à être bercés.

. . . .

Léopold garda le lit quinze jours.

Durant cet espace de temps, Mme de Bracy demeura constamment à ses côtés, le servant, lui parlant comme l'aurait fait une véritable mère.

Léopold ne savait comment exprimer sa reconnaissance à la marquise. Plusieurs fois il avait voulu la remercier de la sollicitude qu'elle lui témoignait; plusieurs fois il l'avait priée de s'éloigner pour prendre un repos nécessaire.

—Boisfleuri restera près de moi, madame, disait-il; Sosthène me consacrera aussi quelques instants. Il me l'a proposé; votre santé peut s'altérer de ces soins continuels...

—Vous êtes mon fils, répétait toujours la marquise, et une mère ne doit pas abandonner le lit de souffrance de son enfant.

Tant de bonté, tant d'abnégation de soi-même ne pouvaient être payées d'ingratitude. Sans doute il n'y avait rien d'extraordinaire à ce que Mme de Bracy l'aimât, lui qui l'avait aidée si puissamment à conserver son rang, sa fortune, lui qui,—il lui était permis de le dire,—n'avait jamais abusé, en aucune façon, des droits acquis par l'immensité même de ce service. Mais cette femme était dévouée, affectueuse avec tant d'entraînement, que Léopold se prenait parfois, en la regardant, à regretter que ce fût à un crime qu'ils dussent de se trouver liés tous les deux.

Un matin cependant vers le commencement de la convalescence de Léopold, un incident étrange vint, subitement, jeter de la glace sur cette amitié qui ne demandait qu'à s'accroître.

Il était neuf heures; Léopold venait de se réveiller.

Au mouvement qu'il fit en sortant du sommeil, Mme de Bracy, comme à l'ordinaire s'approcha du lit, et tira les rideaux.

Comme à l'ordinaire également, le jeune homme

Comment! M. de Bracy, vous êtes mauvais joueur. — Page 18, col. 1re.

salua la marquise de ces mots : « Bonjour, ma mère. »

Mais la marquise considéra, silencieuse, le jeune homme : elle était très-pâle, et son sein se soulevait par bonds inégaux.

—Qu'avez-vous, madame? fit Léopold avec empressement. Mme de Bracy hésita un instant; enfin elle répondit d'un ton brusque :

—J'espérais, monsieur, que vous n'aviez pas de secrets pour moi?

—Des secrets! madame? je ne vous comprends pas!

—Vraiment! Dites-moi donc alors quelle est cette Louise dont vous ne m'avez jamais parlé, et à laquelle vous écrivez... «que si la mort vous surprend, ce sera en pensant à elle?»

En s'exprimant ainsi, Mme de Bracy plaça sous les yeux du blessé un papier... et Léopold reconnut sa lettre à Louise. A cette vue la rougeur lui monta à la figure. La colère, l'indignation le suffoquèrent.

—Quoi! madame, balbutia-t-il, vous avez lu cette lettre?... Quoi! vous avez ouvert la cassette qui la renfermait... Oh! madame.

Cette exclamation de reproche fit rougir, à son tour, la marquise : néanmoins elle reprit vivement :

—Mais cette femme... elle habite Paris... vous la connaissiez dans votre pays... Pourquoi ne me l'avoir pas appris?

—Parce que j'ai été ingrat vis-à-vis d'elle, madame, parce que je l'ai laissée s'éloigner de moi quand, en agissant de la sorte, je la savais malheureuse...

Et que cela m'aurait coûté de vous apprendre ce que je considère comme une mauvaise action.

Oui, elle habite Paris... je n'ai qu'un pas à faire pour la serrer dans mes bras... et j'ai reculé devant ce bonheur... Oui, ce bonheur! J'ai reculé... car je sais qu'il m'est interdit désormais de reconnaître les gens auxquels je disais autrefois : « Je vous aime! »

Mais, près d'aller risquer ma vie pour venger une insulte faite à votre nom, madame, j'ai pensé, en même temps qu'à ma mère, à la pauvre Louise, qui pleure sans doute sur mon ingratitude! Je me suis dit : « Je puis mourir bientôt, » et j'ai voulu adresser cet adieu à Louise...

Était-ce à vous, madame, de blâmer ce qui n'est que l'accomplissement d'un devoir? et en vous consacrant mon avenir tout entier, peut-être, ai-je donc pris encore l'engagement de briser sans pitié avec mes souvenirs les plus chers?

La marquise détourna les yeux aux sévères accents de son fils.

—Pardonnez-moi, Léopold, murmura-t-elle. J'ai eu tort, je le reconnais... j'ai cru que... que, cette jeune fille, vous l'aviez revue à Paris. J'ai craint que vous ne compromissiez nos intérêts! Mon indiscrétion est bien coupable, je le reconnais; mais... mon amitié seule pour vous en est la cause.

Léopold déchira sa lettre à Louise, sans répondre.

Un éclair de joie brilla dans les yeux de Mme de Bracy. Elle prit la main du jeune homme :

—Me pardonnez-vous? lui dit-elle.

—Pauvre Louise! fit Léopold, répondant distraitement à sa pensée et non à la marquise.

Mme de Bracy tressaillit.

—Oui, oui... madame, reprit aussitôt Léopold, désolé de sa préoccupation, tout est oublié, vous le voyez, et je veux...

—C'est bien! c'est bien! interrompit d'un ton bref la marquise, je vous remercie, monsieur.

Et elle s'éloigna laissant Léopold tout interdit de cette brusque sortie et de la manière dont Mme de Bracy venait de s'exprimer.

Oh! mais, je suis folle... Christian! — Page 28, col. 1re.

XI

LOUISE

Que devenait Louise tandis que Léopold, ou plutôt Christian, transformé en grand seigneur, courait les bals, les spectacles, s'éprenait d'une danseuse et se battait en duel?

Louise avait bien pleuré, depuis huit mois qu'elle ne recevait plus de nouvelles de Christian. Elle le savait à Paris, — la bonne Catherine n'avait pu cacher la vérité à la jeune fille ; — il était donc tout près d'elle, et il ne venait pas la voir!

—Il ne m'aime plus! je ne dois plus l'aimer! s'était-elle dit un jour, voyant qu'elle espérait en vain la visite de son amant.

La pauvre enfant ignorait qu'en amour notre volonté n'est pour rien ou que pour bien peu de chose. On n'aime et on n'oublie pas à son gré. On souffre ou l'on remercie Dieu suivant que Dieu a décidé de notre joie ou de nos tourments.

Cependant si le temps ne guérit pas tout à fait nos douleurs, il en apaise du moins l'intensité.

Peu à peu Louise, sans cesser de songer à Christian, cessa de se désoler.

—Je lui serai fidèle, quoi qu'il fasse, pensa-t-elle, c'est ainsi que je me vengerai de son ingratitude.

C'était là, à coup sûr, une noble façon de se conduire, d'autant plus qu'il aurait été très-facile à la jeune fille de se venger autrement.

Louise était jolie; elle avait de magnifiques cheveux blonds, de grands yeux bleus, une bouche fine et mignonne, une taille ravissante.

Dans l'atelier où elle travaillait, —l'atelier de couture de Mme Bellard, — Louise, après avoir rencontré d'abord des jalousies, à cause de sa beauté, s'était fait des amies par sa douceur et sa modestie.

Au nombre de ces amies se trouvait une petite brune assez piquante, nommée Cœlina Vannier, qui abandonna un beau jour l'atelier, au grand chagrin de Louise, quatre mois après que celle-ci y fut entrée.

—Pourquoi nous quittes-tu? demanda Louise à Cœlina lorsque cette dernière lui annonça son départ. Que comptes-tu faire en sortant d'ici?

—Moi...? mais je compte ne plus rien faire du tout, repartit Cœlina avec un sourire, et c'est pour cela que je vous quitte.

Et comme Louise ouvrait de grands yeux :

—Viens me voir dans huit jours, continua Cœlina. Je vais demeurer rue de la Bruyère, 17... dans un appartement qu'on s'occupe de me meubler à présent.

—Tu te sépares donc de ta mère?

—Oui ; ça me chagrine, mais c'est indispensable! Je t'expliquerai tout cela chez moi bien mieux qu'ici. C'est un conte de fées et un conte très-gentil!

Cœlina ne reparut plus à l'atelier où bientôt il ne fut plus question que de ce qui avait occasionné cette sortie précipitée. Cœlina avait un amant fort riche qui lui donnait tout ce qu'elle désirait : les meubles les plus beaux, des cachemires, des diamants... On assurait même qu'elle possédait une voiture!

Bref, elle était entretenue sur un pied magnifique.

Louise, malgré son innocence, ne pouvait ignorer ce que signifie le terme de *femme entretenue*. — On apprend si vite dans les ateliers de couture et autres! — Elle écouta ces demoiselles vanter la *chance* de

Cœlina; mais au lieu de surenchérir à leur exemple, sur les avantages de ce changement de position, Louise se dit en soupirant :

—Elle est perdue pour moi !

Et, en effet, malgré l'invitation de Cœlina, malgré deux ou trois lettres pressantes qu'elle reçut encore, Louise ne se présenta point chez l'ouvrière devenue une lorette.

Mais un soir que la jeune fille sortait de l'atelier, situé faubourg Montmartre, pour retourner, comme d'ordinaire, chez sa tante, elle s'arrêta tout d'un coup, rouge et interdite ; une dame élégamment vêtue l'appelait du fond de son coupé : cette dame, c'était Cœlina.

— Monte avec moi ! monte un instant, fit la lorette en prenant par la main son ancienne camarade qui s'était machinalement approchée de la voiture. Je sortais de chez une de mes amies, là, en face, au coin de la rue Geoffroi-Marie, quand je t'ai aperçue qui passais. Puisque je te rencontre par hasard, je ne te tiens pas quitte ! Allons, monte ! J'allais dîner à la Maison d'Or, mais on m'attendra. Je veux te reconduire chez ta tante. Nous causerons en route... Joseph ! boulevard du Temple, 21.

Louise tenta inutilement de s'en défendre, il lui fallut prendre place auprès de la lorette.

—Fi ! la vilaine ! continua cette dernière d'un ton de doux reproche, c'est comme ça que tu viens me voir, toi ? Eh bien ! tu es aimable ! Je t'attendais tous les jours. Pourquoi m'avoir oubliée ainsi, depuis deux mois ?

Louise était embarrassée. Elle ne voulait pas avouer la vérité et il lui répugnait pourtant de mentir. Elle prit un biais.

—En petit bonnet, en tablier, dit-elle, je n'aurais pas osé me présenter chez toi !

—Bah ! je ne suis pas devenue fière, quoique je fréquente maintenant des marquis et des comtes ! Oui, ma chère, je suis lancée dans ce qu'il y a de mieux. J'ai toujours le même amant... mais il m'amène ses amis... toute la noblesse de Paris !

Oh ! continua la lorette avec une petite moue dédaigneuse, je pense bien qu'à l'atelier on doit *se payer* terriblement de cancans sur mon compte...

—pas toi, cependant ! je suis sûre que tu me défends, au contraire !—on doit trouver mauvais que je sois... ce que je suis...

Mais je m'en moque, vois-tu, Louise ! Je n'étais pas faite pour végéter sur une chaise, l'aiguille à la main, toute ma vie ! Chacun son goût. Il y avait longtemps que j'attendais une occasion d'envoyer promener l'atelier : cette occasion s'est présentée, et je me suis décidée bravement.

D'ailleurs on peut se comporter honorablement dans toutes les conditions ; et je n'ai rien à me reprocher depuis que M. de Melcy me protège. Ma mère a tout ce qu'il lui faut ; je ne trompe pas mon amant. Qu'a-t-on de plus à me demander ?

Mais je parle, je parle ! et tu n'ouvres pas la bouche ! Voyons, ma petite Louise, je suis enchantée de t'avoir rencontrée ! Je me disais : « J'irai la trouver à l'atelier. » Mais j'ai si peu de temps ! Quand viendras-tu, maintenant ? dis ? rue la Bruyère, 17, tu te rappelles ?

—Oui, oui... je te surprendrai un de ces jours, repartit Louise en hésitant.

—Un de ces jours ! c'est bien vague ! Quand ça, hein ? Un dimanche, tu es libre. Nous déjeunerons ensemble ! Oh ! sois tranquille, ton bonnet et ta robe d'indienne n'effaroucheront personne ! Gentille comme tu l'es, tu feras bien vite des conquêtes, si tu veux ; mais tu es sage, je ne te le reproche pas, seulement...

Cœlina n'acheva point sa phrase qui menaçait de n'être pas une maxime digne de Fénelon. La voiture s'arrêtait devant la maison qu'habitait Louise.

—Adieu ! fit cette dernière, satisfaite de se séparer de son ancienne amie. Adieu !

Et elle lui tendit la main.

—Non pas adieu, mais au revoir ! Rappelle-toi que je t'en voudrai à la mort si tu me négliges plus longtemps, repartit Cœlina.

Louise ne répondit rien. Le coupé emporta la lorette.

—Elle ne m'a pas comprise, pensa Louise en regardant s'éloigner la voiture ; elle se trouve si heureuse, maintenant !

Oh ! ce n'est pas là le bonheur que j'envie. Ce ne sont point des bijoux et des cachemires que je demande.

C'est qu'*il* se souvienne de moi ! C'est que je *le* revoie. C'est qu'*il* m'aime encore !

Où est-*il* ? Que fait-*il* loin de moi ?

Est-il donc heureux, aussi, *lui* ? Comme il le désirait ! Ses rêves d'ambition, de fortune se sont-ils réalisés ?

Ah ! s'il en est ainsi, pas plus qu'elle, je ne le reverrai donc jamais !

<hr>

XII

UN COUP DU HASARD

Mme de Pontchartier était une femme de cinquante-cinq ans, veuve, riche et sans enfants.

Mme de Pontchartier avait été fort belle ; elle ne l'était plus, mais elle possédait encore un esprit vif et aimable. En vieillissant, elle ne s'était pas laissé entraîner au penchant trop habituel des gens qui se voient venir des rides et des cheveux blancs : celui de prendre en aversion tout ce qui est jeune autour d'eux. Mme de Pontchartier avait monté de la philosophie : elle était demeurée bonne et charmante en dépit des outrages du temps (style de l'empire). On ne l'adorait plus, mais on l'aimait toujours ; on ne citait plus ses grâces, sa beauté, sa fraîcheur, mais on vantait encore sa conversation pleine de saillies, ses manières affables et, surtout, son indulgence pour les fautes d'autrui.

Mme de Pontchartier avait été très-liée avec M. et Mme de Bracy. La faute de la marquise et sa disparition subite avaient beaucoup affligé la bonne dame. Poussée par un sentiment généreux, elle s'était même alors efforcée de découvrir le lieu de la retraite de Mme de Bracy, dans l'intention de lui offrir ses services ou tout au moins des consolations. Mais on ignorait absolument ce qu'était devenue la marquise, et Mme de Pontchartier avait dû se contenter de prouver son attachement à l'exilée en prenant sa défense, quand l'occasion s'en présentait, contre les jugements trop sévères de la médisance.

On conçoit, d'après ce que nous venons de relater, qu'au retour de Mme de Bracy dans ses foyers, Mme de Pontchartier, avant tous, s'empressa de solliciter la permission d'aller l'embrasser. La marquise avait décidé, à cette époque, on se le rappelle, qu'elle ne recevrait personne. Elle répondit donc à la lettre de Mme de Pontchartier, de même qu'aux autres missives de ce genre : seulement comme elle crut entrevoir dans le peu de mots que lui avait adressés la vieille dame l'élan d'une joie sincère, Mme de Bracy, tout en la remerciant de son empressement pour le présent, lui assura qu'elle serait la première dont elle irait serrer la main aussitôt que l'approche du terme de son deuil,—qu'elle désirait garder dans toute sa rigueur,—lui permettrait cette visite.

Mme de Pontchartier accueillit, sans s'en fâcher, les excuses de la marquise.

—J'attendrai, pensa-t-elle. Je ne crois pas qu'il soit nécessaire, par bonté de cœur, de forcer les gens à venir se consoler près de vous, quand ils ont encore besoin de pleurer seuls.

Mᵐᵉ de Pontchartier habitait, pendant la belle saison, une charmante maison qu'elle possédait à Saint-Maur.

La vieille dame ne négligeait jamais chaque année, avant de partir, d'inviter ses amis à lui rendre souvent visite à sa campagne.

Cette année-là—qui était celle du retour de Mᵐᵉ de Bracy, à Paris—Mᵐᵉ de Pontchartier, tout en pressant ceux qu'elle voyait tous les jours, avait aussi songé à cette pauvre veuve qui avait dû passer un si triste hiver renfermée dans son hôtel.

Elle lui avait donc adressé ce billet:

« Ma chère marquise;

« J'espère que vous n'avez pas oublié vos promesses à une ancienne amie? La part de votre douleur est suffisamment faite, il vous faut vivre maintenant pour vous et votre fils. Je me rends dans mon *cottage* de Saint-Maur, venez y passer quelques jours avec M. de Bracy. Vous ne doutez pas du plaisir que j'éprouverai à essayer de vous distraire de vos tristes souvenirs, après la joie que j'aurai de vous serrer enfin dans mes bras. »

Mᵐᵉ de Bracy montra cette lettre à son fils Léopold, qui depuis son duel était devenu sombre et rêveur. Sourd aux instances de Sosthène, qui voulait de nouveau, qu'il partageât ses plaisirs, le jeune marquis passait ses jours dans son cabinet de travail.

Mᵐᵉ de Bracy s'alarmait de l'abattement de Léopold. L'invitation de Mᵐᵉ de Pontchartier lui sembla une bonne fortune. Quelques jours à passer dans une campagne charmante, ce devait être là, en effet, un moyen de distraction puissant pour ce jeune homme qui n'avait pu oublier encore les premières années de sa vie.

—M'accompagnerez-vous, mon ami? lui demanda-t-elle. Mᵐᵉ de Pontchartier est la femme la plus aimable et la plus sans façon que je connaisse, et nous ne séjournerons chez elle, du reste, qu'autant qu'il vous conviendra.

—Je suis à vos ordres, madame, repartit simplement le jeune homme.

Huit jours après, Mᵐᵉ de Bracy et son fils se rendaient à Saint-Maur.

La maison de Mᵐᵉ de Pontchartier était située d'une manière délicieuse, sur les bords de la Marne et entourée d'un parc très-vaste et admirablement situé.

Mᵐᵉ de Bracy avait voulu descendre de voiture à la grille de la villa; son bras appuyé à celui de Léopold elle s'extasiait sur les charmes de cette campagne, et Léopold lui-même respirait plus à l'aise en foulant ces gazons, en passant sous ces massifs dont le riant aspect lui rappelait son pays.

Parmi les biens qui lui venaient de son mari, Mᵐᵉ de Bracy possédait une propriété en Touraine. Elle n'avait pas jusqu'alors osé proposer à Léopold de quitter Paris pour aller s'installer quelque temps dans leur château; mais en le voyant presque joyeux à ses premiers pas dans le parc de Saint-Maur, la marquise avait souri d'espoir.

Cependant ils étaient arrivés en face de la maison: un domestique avait couru prévenir Mᵐᵉ de Pontchartier.

Bientôt, les deux dames furent dans les bras l'une de l'autre.

Les femmes s'embrassent aussi facilement que les hommes se serrent la main. Ces manifestations qui devraient être toutes d'affection et d'estime ne sont le plus souvent que des actes d'une politesse banale.

Entre Mᵐᵉ de Bracy et Mᵐᵉ de Pontchartier il existait néanmoins plus que de la politesse. Leurs yeux se mouillèrent en se rencontrant et, dans leur étreinte mutuelle, il y eut un égal entraînement.

Mᵐᵉ de Pontchartier salua ensuite Léopold qui se tenait incliné devant elle.

—Monsieur, lui dit-elle d'une voix émue, c'est la première fois que j'ai le plaisir de vous voir, mais je compte vous aimer dans peu de temps autant que j'aime Mᵐᵉ votre mère; considérez-vous ici comme chez vous et ne partez pour Paris que le plus tard possible, ce sera le moyen sûr de vous faire bien venir de moi.

Cela dit, Mᵐᵉ de Pontchartier conduisit la marquise et son fils au salon, on servit des rafraîchissements: puis, Mᵐᵉ de Bracy dit tout bas à Léopold:

—Si vous voulez visiter le parc, mon ami, tandis que je me reposerai, ne vous gênez pas.

Léopold comprit que sa mère et la vieille dame désiraient causer du passé, et il sut gré à la marquise de lui éviter une conversation qui n'avait après tout, pour lui, qu'un intérêt relatif assez médiocre.

Il sortit.

Le soleil était brûlant; Léopold se dirigea du côté d'un petit bois qui lui promettait de l'ombre et de la fraîcheur.

Il y était à peine entré qu'il aperçut une femme assise au pied d'un tilleul, le dos tourné au sentier qu'il parcourait.

La taille de cette femme était mince et bien prise. Elle portait un costume des plus simples: une robe de toile et un bonnet de mousseline.

Elle s'occupait assidûment d'un ouvrage de couture; ce devait être une femme de chambre qui avait choisi ce lieu solitaire, pour y accomplir plus commodément sa besogne loin des autres domestiques.

Léopold avait machinalement pensé et observé tout cela en s'avançant du côté de l'ouvrière.

Peu lui importait, sans doute, qu'une femme de chambre s'amusât à travailler à l'ombre d'un tilleul, et il n'avait pas pour habitude de se complaire à admirer les jolies tailles qu'il rencontrait sur son chemin.

Mais, à ce moment, le lieu, le silence qui régnait autour de lui, un caprice de son esprit, peut-être, aidant, le marquis désira voir le visage de cette femme.

Il était arrivé derrière elle sans que le bruit de sa marche sur le sable de l'allée l'eût distraite dans son travail... il toussa légèrement et, du bout de sa canne, il abattit une branche de seringa près de fleurir.

L'ouvrière leva enfin la tête... son regard rencontra celui du marquis...

Et ces deux noms, prononcés à la fois, résonnèrent pleins de stupeur et de joie:

—Christian!

—Louise!

Louise,—car c'était bien elle,—se leva comme folle, jeta loin d'elle l'étoffe qu'elle tenait sur ses genoux et voulut s'élancer vers son amant.

Mais en même temps qu'il avait prononcé un nom chéri et qu'il s'était senti pâlir de bonheur à la vue de sa maîtresse, Christian avait aussi songé à ce qu'il était maintenant, aux suites qui pourraient résulter d'une explication avec Louise... à l'impossibilité, même, d'une telle explication.

—Il faudra que je lui apprenne tout! s'était-il dit, et ce secret ne m'appartient pas.

Retenant donc, d'une main, la jeune fille penchée en quelque sorte sur lui, il balbutia ces paroles:

—Pardon, mademoiselle, mais nous nous sommes trompés tous les deux, je crois... je vous avais pris... pour... ma sœur...

Christian disait une niaiserie; M. de Bracy prenant une petite grisette en bonnet pour sa sœur!... En vérité l'excuse du marquis était par trop maladroite pour n'être pas un mensonge!

Louise écoutait Christian sans comprendre.

—Comment! que veux-tu dire! fit-elle, l'œil fixe, tu ne me reconnais pas, Christian?

Christian essaya de sourire.

—Encore une fois vous êtes dans l'erreur, mon enfant, reprit-il, je ne me nomme pas Christian... je suis le marquis Léopold de Bracy... et je vous prie de me pardonner de vous avoir troublée dans vos occupations !

Là-dessus Christian salua la jeune fille et s'éloigna du pas du commandeur venant d'inviter don Juan à souper.

—Oh! mais je suis folle, je suis folle... Christian! Christian! c'est toi! je te reconnais! s'écria Louise en se retenant à une chaise pour ne point tomber à la renverse.

Mais le marquis Léopold de Bracy était déjà sorti du petit bois... et Christian n'avait pas retourné la tête aux cris de la jeune fille.

※

XIII

CE QUE FEMME VEUT...

Expliquons maintenant par quelle coïncidence Louise s'était rencontrée avec Christian,—devenu Léopold de Bracy,—chez Mme de Pontchartier.

Mme de Pontchartier ayant désiré faire confectionner sous ses yeux quelques robes d'été, avait écrit à Mme Bellard, sa couturière depuis de longues années, de lui envoyer une de ses ouvrières. Mme Bellard aimait beaucoup Louise; présumant lui être agréable, elle s'était empressée d'offrir à la jeune fille de se rendre à Saint-Maur pour cinq à six jours, et Louise, après avoir demandé le consentement de sa tante, était partie enchantée, en effet, d'aller respirer un peu d'air pur loin de Paris. Elle en était à son dernier jour lorsque le hasard avait conduit Christian en face d'elle.

En entendant celui que son cœur et ses yeux avaient si bien reconnu, lui dire que ses yeux et son cœur se trompaient, Louise s'était crue folle... Lorsqu'elle le vit s'éloigner impassible, en apparence, un profond désespoir s'empara de la jeune fille.

—Il se nomme Léopold de Bracy, murmura-t-elle, il ne me reconnaît pas... il m'a prise pour sa sœur... sa sœur!... Mensonge, mensonge, c'est lui, c'est lui, j'en suis sûre... d'ailleurs sa pâleur à ma vue, son trouble... ce nom... le mien... échappé de ses lèvres... Oh! une pareille ressemblance ne peut exister, il faut que je le revoie, que je lui parle encore,... c'est une plaisanterie qu'il a voulu faire, pourtant, cette tournure... ce costume élégant!... mon Dieu! mon Dieu!... que signifie tout cela?..

A cet instant Louise aperçut la femme de chambre de Mme de Pontchartier qui venait à elle.

Julie—la camériste—était au service de Mme de Pontchartier depuis vingt ans. Si le proverbe : tel maître, tel valet, trouve souvent son application, c'était surtout à l'égard de Julie. Julie était douce et aimable, un peu bavarde, peut-être, mais obligeante et modérément curieuse.

La chère femme,—tandis que sa maîtresse s'entretenait avec Mme de Bracy,—venait auprès de Louise, dans le gracieux dessein de la faire jouir de sa conversation; mais avant qu'elle fût arrivée dans le petit bois, Louise était accourue au-devant d'elle et lui avait saisi le bras en lui disant :

—Oh! vous voici, mademoiselle! un mot, un seul mot, je vous en supplie.

—Trente si vous voulez, mon enfant, repartit Julie, surprise de l'émotion et de la pâleur de la jeune fille. Mais comme vous voilà bouleversée!.. Que vous est-il donc arrivé?..

—Rien, rien, reprit Louise en faisant effort sur elle-même pour paraître calme, une ressemblance extraordinaire... d'une personne qui vient de passer par ici... avec une autre personne que je connais... figurez-vous...

—Eh bien!

Louise n'osa continuer, une pensée venait d'illuminer soudain son esprit.

—C'est bien lui, je n'en puis douter, s'était-elle dit, mais s'il avait intérêt à ne pas être reconnu de moi, oh! ce serait affreux-à lui de se cacher de celle qui l'aime tant! mais, si par ma précipitation j'allais lui nuire... le perdre, peut-être!...

—Eh bien! répéta Julie, je vous écoute, ma petite.

—Je voulais vous demander, mademoiselle, reprit Louise, le nom... d'un monsieur qui se promenait tout à l'heure, de ce côté?

—Un grand beau garçon? bien tourné, bien bâti? des moustaches? des cheveux bruns?

—Oui, oui, c'est cela, c'est cela.

—Mais c'est le marquis Léopold de Bracy... il est arrivé, il y a un instant avec madame sa mère... est-ce que vous le connaissez?

—Il se nomme Léopold de Bracy... il est marquis, sa mère est avec lui?

—Eh! sans doute, vous le connaissez donc?

Louise laissa tomber sa tête sur sa poitrine. Elle ne savait à quelle supposition s'arrêter. Elle craignait de questionner plus longtemps la femme de chambre et elle brûlait d'entendre parler de celui de l'identité duquel, malgré tout, elle se sentait certaine.

Heureusement pour Louise qu'il était inutile de presser Julie pour lui délier la langue. Ne recevant pas de réponse de l'ouvrière, la vieille femme de chambre continua ainsi :

—Oh! madame est aux anges, de cette visite; elle aime beaucoup Mme de Bracy, madame! Moi, à qui l'on confie tout, je sais l'histoire de cette marquise... elle a eu des malheurs de famille qui l'ont forcée à voyager longtemps avec son fils, ce jeune homme que vous venez de voir. Elle n'est de retour à Paris que depuis la mort de son mari, il y a à peu près huit mois... Madame lui a écrit aussitôt, mais la marquise ne recevait personne de l'hiver; elle ne veut reparaître dans le monde qu'à l'expiration complète de son deuil. C'est par amitié pour madame qu'elle a consenti à passer quelques jours ici avec M. Léopold...

—M. Léopold!... et vous dites qu'il a voyagé en compagnie de sa mère...

—Mais oui, quand elle s'est expatriée, elle a retiré M. Léopold du collége... elle voulait l'emmener avec elle, c'était bien le moins! la pauvre dame ne pouvait perdre à la fois son mari et son fils...

—Mais, quel pays habitait-elle avant son retour?

—Ah! vous m'en demandez plus que je n'en sais, chère petite! je vous répète ce que j'ai entendu de madame qui ne parlait elle-même que d'après des ouï-dire; Mme de Bracy voyageait toujours, assurait-on, elle ne se fixait nulle part et elle a parcouru ainsi l'Angleterre, l'Allemagne, l'Italie, que sais-je, moi!...

—Et elle demeure à présent à Paris, avec M. Léopold?

—Sans doute, dans leur hôtel, rue Richer.

—Rue Richer... merci, mademoiselle, merci... je vous demande pardon de vous avoir importunée...

—Il n'y a pas de mal, il n'y a pas de mal! je ne me refuse pas à vous instruire si cela vous est utile, seulement je suis curieuse d'apprendre pourquoi vous étiez si pâle!.. —Vous êtes même encore; —et pourquoi vous m'avez demandé toutes ces explications?

Louise ne savait que répondre.

Tout à coup elle poussa un cri et étendit la main devant elle dans la direction de la maison.

—Oh! les voici! les voici! n'est-ce pas? murmura-t-elle.

Julie, de plus en plus étonnée, retourna la tête.

Mᵐᵉ de Pontchartier donnant le bras à Léopold et à côté d'elle, Mᵐᵉ de Bracy, sortaient en effet alors de la maison et semblaient se diriger du côté du bois.

—Oui, ce sont eux! repartit Julie; tenez, ils se rendent probablement à la pièce d'eau... ils passeront par ici, vous regarderez bien encore M. Léopold et vous me direz enfin le motif de toutes vos questions.

Louise, le visage en feu, le cœur palpitant, se laissa entraîner par Julie et reprit sa place et son ouvrage.

—Oui! le voir! le voir encore! murmura-t-elle... Serait-il donc possible que je me fusse abusée... Et par quel moyen découvrir la vérité?

Deux minutes s'écoulèrent durant lesquelles Louise entendait les battements de son cœur.

Enfin Mᵐᵉ de Pontchartier, Mᵐᵉ de Bracy et Léopold approchèrent.

Mais au lieu d'entrer sous les tilleuls ils prirent une allée transversale qui les en éloignait.

Julie laissa échapper un soupir de désappointement.

—Quel dommage! fit-elle, ils ont changé d'idée, à ce qu'il paraît! vous ne les verrez pas, ma petite.

Louise qui n'avait pas osé lever les yeux jusque-là, dans son attente inquiète, se trouva debout aux paroles de la camériste.

—Si! si! je les verrai! il le faut! il le faut! murmura-t-elle.

Et courant comme une gazelle, elle alla se placer derrière un massif de lilas près duquel les promeneurs devaient nécessairement passer, au bout du sentier où ils étaient engagés.

—N'est-il pas vrai, mon ami, que ce parc est extrêmement joli?

—Oui, ma mère.

—Ah! vous allez voir ma pièce d'eau tout à l'heure!

Mᵐᵉˢ de Bracy et de Pontchartier et le marquis Léopold de Bracy étaient déjà loin...

Mais Louise avait de nouveau entendu la voix du jeune homme; à travers le feuillage, le regard de la pauvre fille s'était posé ardent sur le visage de Léopold, et sa conviction, un instant ébranlée par l'étrange récit de Julie, avait repris toute sa force. Elle ne pouvait plus douter!.. Quoiqu'il eût appelé une étrangère: « ma mère,.. » quoique cette femme semblât le traiter comme son fils, c'était Christian! c'était bien Christian qu'elle venait de voir et d'entendre!

Elle suivit des yeux les trois promeneurs qui se perdaient dans les allées sinueuses du parc, puis elle retourna lentement vers la femme de chambre.

Comme elle marchait ainsi, une inspiration la frappa: quoique convaincue elle voulait se donner à elle-même des preuves irrécusables qu'elle ne se trompait pas.

—En vérité, dit-elle, le sourire aux lèvres, mademoiselle, je ne sais pas à quoi je pensais tout à l'heure! je ne connais pas du tout M. de Bracy... je vous le répète... une ressemblance extraordinaire... avec une personne... qui m'est chère... m'a abusée...

Ah! est-ce qu'il a une sœur, M. Léopold?

Cette question, émise du ton le plus naturel, le plus indifférent, coûta pourtant une peine infinie à Louise.—Il m'a dit qu'il m'avait prise pour sa sœur, pensa-t-elle... mais en prononçant ces paroles en forme d'excuse, il semblait embarrassé... on aurait dit qu'il mentait.

—Une sœur? repartit la camériste, une sœur? M. Léopold! Quelle autre idée vous prend là? mais pas du tout! il est fils unique!

Louise frissonna de joie.

—Il m'avait menti! C'est lui! c'est lui! c'est lui! se dit-elle.

<hr>

XIV

SUITE DU PRÉCÉDENT

Le soir même du jour où elle avait retrouvé Christian, si singulièrement métamorphosé, hélas! Louise quitta Saint-Maur pour retourner à Paris. La jeune fille, dans l'espérance de revoir encore le marquis, aurait bien désiré rester quelques jours de plus chez Mᵐᵉ de Pontchartier, mais, malheureusement pour l'ouvrière, on n'avait plus besoin de ses services, et elle ne pouvait exiger qu'on la gardât inoccupée.

Du reste, Louise avait sérieusement réfléchi à cette aventure: Je saurai, s'était-elle dit, par quel prodige Christian est devenu aujourd'hui un grand seigneur... je parviendrai, je le veux, à percer le mystère qui entoure sa subite élévation...—Mais en cherchant encore à m'informer ici, je puis éveiller des soupçons... Puisqu'il se cache de moi... c'est qu'une volonté plus puissante que la sienne le lui commande sans doute! Il se cache donc aussi de sa mère... de sa véritable mère!... Mᵐᵉ Kerneis me parlait dans ses lettres d'une belle place qu'il a trouvée à Paris... mais ce n'est pas un emploi que de passer pour un marquis et d'appeler une étrangère: ma mère! Mon Dieu! s'il était coupable! si son ambition l'avait poussé à quelque grand crime! Oh! s'il m'aime encore, il m'avouera tout et je le sauverai peut-être d'un malheur! Car je le reverrai! Par quel moyen? je l'ignore! mais je le reverrai! il le faut! et si cette fois encore il me renie, il me repousse, c'est qu'il ne m'aime plus... et je devrai oublier à mon tour que je l'aime toujours.

Un peu consolée par cette résolution, Louise, après avoir embrassé la bonne Julie, sortit de la maison de Mᵐᵉ de Pontchartier, en jetant un dernier regard sur les fenêtres d'un salon où elle présumait que se trouvait alors son amant. Il était sept heures du soir lorsque Louise monta dans la voiture de Saint-Maur à Paris. Il faisait encore grand jour et les hôtes du célérifère admirèrent de tous leurs yeux le bois de Vincennes que l'on côtoyait. Louise absorbée dans ses pensées tenait aussi sa tête à l'une des portières de la voiture. L'air frais du soir rafraîchissait son front.

Tout à coup, à un nom parti d'une calèche découverte qui venait de raser le véhicule plébéien, Louise sortit de sa rêverie: ce nom, c'était le sien.

La calèche s'était arrêtée: une femme et un jeune homme qui s'y trouvaient avaient, en même temps, ordonné au conducteur du célérifère de faire halte. Et Louise avait reconnu dans la dame qui l'avait appelée et qui l'invitait de la main, alors, à venir prendre place à ses côtés, son ancienne camarade d'atelier Cœlina.

La grisette demeura assez embarrassée devant cette offre trop aimable. Refuser était difficile: le conducteur de l'omnibus comprenant l'intention des personnes de la calèche était descendu de son siége; le jeune homme qui accompagnait Cœlina,—et qui n'était autre que Sosthène de Morière,—était aussi à la portière et il disait à Louise:

—Venez donc! venez donc! je vous en conjure, mademoiselle, Mᵐᵉ de Saint-Phar vous attend; vous la contrarieriez beaucoup en ne lui obéissant pas.

Louise toute confuse, se décida à se rendre à cette prière: elle sauta à bas du célérifère pour prendre place dans la calèche où Cœlina, ou, plutôt, Mᵐᵉ de Saint-Phar la reçut en s'écriant:

—C'est drôle! il paraît que je te rencontrerai toujours pour te voiturer! Mais tu t'es bien fait tirer l'oreille! Est-ce que tu regrettes ton affreuse guimbarde? Voyons! mets-toi là en face de moi... Sosthène, dites à John que rien ne nous retient plus...

Tu as l'air toute gênée, Louise?... Est-ce que ça te déplaît d'être avec moi?

—Non, sans doute, et je te remercie de ton obligeance; mais c'est que... ma toilette...

—Bon! encore ta toilette. Qu'est-ce que ça te fait? du moment qu'il me plaît de t'inviter! D'ailleurs, la nuit sera tombée quand nous entrerons dans Paris... N'est-ce pas, Sosthène? Louise, je te présente M. Sosthène de Morière, un intime de mon *époux*... Sosthène, je vous présente Mlle Louise, une ancienne amie... Et que faisais-tu à Saint-Maur, toute seule, Louise? Car tu es bien toute seule? J'avoue que, d'abord, en t'apercevant dans ton omnibus, j'ai cru à quelque promenade amoureuse. Mais les figures qui t'entouraient m'ont bien vite rassurée; et puis, je connais ta sagesse!

—J'avais été envoyée à Saint-Maur, pour travailler, repartit Louise, honteuse des suppositions de la lorette.

—Ah! tu viens de chez Mme de Pontchartier, je parie! J'y ai travaillé aussi il y a deux ans, moi! Oh! je ne suis pas fière, tu vois! Je me souviens très-bien que j'ai tenu l'aiguille.

—Vous sortez de la maison de Mme de Pontchartier, mademoiselle, fit à son tour Sosthène, qui s'était jusque-là contenté d'admirer les jolis yeux de l'ouvrière. Vous avez dû y voir mon cousin, le marquis Léopold de Bracy, qui s'y est rendu ce matin avec sa mère.

Louise tressaillit. On lui parlait de Christian... Sa contrainte se dissipa comme par enchantement, et elle répondit en regardant Sosthène en face:

—En effet, j'ai aperçu dans le parc un monsieur qu'on m'a dit se nommer Léopold de Bracy... et... il est votre cousin?...

—Oui! un assez joli garçon, n'est-ce pas? et, surtout, un bon garçon, aimable, spirituel, qui n'a que le défaut de s'ennuyer... oh! de s'ennuyer infiniment à Paris!

—Comment? vous pensez qu'il se déplaît à Paris?

—Sans doute! Il a voyagé pendant six ans, et son caractère se ressent de sa vie nomade. Il est mal à l'aise au sein de nos plaisirs étriqués. Il lui faut de l'air, de l'espace. Paris est trop petit pour lui! Tenez! je suis sûr qu'il avait la mine radieuse en se promenant dans le parc de Mme de Pontchartier?

Louise n'était plus à la conversation; plus elle allait, et plus les événements devenaient au-dessus de son intelligence: comment se faisait-il que ce monsieur traitât Christian de son cousin? qu'il parlât ainsi des voyages du jeune marquis?

Louise en était vraiment à se dire, comme dans le *Barbier de Séville:*

« Qui donc trompe-t-on ici? »

—Sosthène, ne m'aviez-vous pas promis de m'amener ce marquis? fit Cœlina de son air le plus *régence.*

—Je vous l'ai promis et je m'y engage de nouveau, madame, repartit le baron. Léopold passera probablement quatre ou cinq jours à Saint-Maur; à son retour, sa première visite sera pour vous! Mais vous semblez préoccupée, mademoiselle; il est vrai que notre conversation n'a rien de bien égayant. Nous nous entretenons d'une personne que vous ne connaissez pas.

Ces derniers mots s'adressaient à Louise.

—Excusez-moi, monsieur, répondit-elle, c'est que... je souffre un peu... une violente migraine...

—Tu auras trop travaillé, reprit Cœlina; tu ne veux prendre aucune distraction; tu te tueras, ma chère, à cette vie-là! Je te rencontre aujourd'hui par hasard et je suis bien sûre de ne pas te revoir de longtemps.

—Tu te trompes. Bientôt, je crois, au contraire, j'irai chez toi te demander des conseils... un service...

—Vrai? Ah! à la bonne heure! Demande-moi tout ce que tu voudras, je te suis dévouée!

—Et vous-même, monsieur, continua la grisette en s'adressant sans le moindre embarras à Sosthène, vous-même, peut-être, s'il vous plaît, serez en tiers dans certaine petite conspiration que je médite.

—Moi, mademoiselle? fit Sosthène étonné.

—Monsieur aussi? s'écria Cœlina; mais cela devient très-amusant!

—Oui, vous, monsieur, reprit Louise d'un ton ferme; et, pour commencer, j'implore de votre complaisance la promesse de ne parler à personne, à personne, vous m'entendez? de notre rencontre.

—Mais de quel intérêt notre rencontre peut-elle être pour qui que ce soit? répliqua Mme de Saint-Phar.

—Chut! interrompit Sosthène en pressant la main de la lorette; nous nous sommes obligés à servir mademoiselle, tous commentaires nous sont interdits. Cependant, j'exige qu'on nous donne, en échange de notre obéissance aveugle, l'assurance que nous serons un jour mis au courant des détails de cette mystérieuse affaire où nous nous trouvons si subitement mêlés.

Louise hésita. Emportée par son amour pour Christian, elle venait de concevoir un projet dont elle comprenait bien l'exécution, toute difficile qu'elle lui parût, mais dont elle ne pouvait prévoir le dénoûment.

Cependant elle répondit:

—Eh bien! soit! je promets de vous donner avant peu la clef de cette énigme.

—Et nous jurons, nous, mademoiselle, de vous obéir en tout et partout! reprit Sosthène.

Et mentalement il ajouta:

—Cette petite ne me paraît pas aussi innocente qu'elle le paraît. Il y a quelque amourette sous jeu. Elle s'est réveillée au nom de Léopold! Est-ce que mon farceur de cousin courrait la grisette sans m'en prévenir?

Cœlina, moins perspicace, ou plus confiante que Sosthène dans la vertu de Louise, se contenta de s'écrier en riant:

—Tiens, tiens! je n'y comprends rien, mais c'est égal; s'il s'agit de quelque farce, ça m'amusera; et qu'est-ce que j'aurai à faire dans la conspiration, moi, Louise?

—Je t'apprendrai cela chez toi, fit la grisette.

Quelques instants après, la voiture s'arrêtait boulevard du Temple, et Louise prenait congé de Sosthène et de Cœlina, en exigeant de nouveau, de l'un d'être discret, et en promettant à l'autre de lui donner bientôt de ses nouvelles.

Sitôt qu'elle eut embrassé sa tante, Louise se retira dans sa chambre et écrivit la lettre suivante à Catherine Kerneis:

« Ma bonne dame Catherine,

« Si vous m'aimez encore un peu, ne me trompez pas! Savez-vous ce que fait Christian à Paris et où il demeure? Il faut absolument que je le voie. Ne craignez pas que j'abuse de ce que vous voudrez bien m'apprendre; je vous jure de ne vous compromettre en rien, et surtout de ne point nuire au bonheur de votre fils, si son bonheur consiste à vivre éloigné de celle qui le chérit.

« J'attends avec impatience votre réponse.

« Embrassez bien ma mère pour moi.

« LOUISE. »

Ce billet terminé, Louise se mit au lit; mais elle ne ferma pas l'œil de la nuit. Elle ne pouvait chasser de sa pensée l'image de Christian s'enfuyant à sa vue.

Lui! lui! un marquis! se disait-elle; lui! le *fils* de cette grande dame! Mon Dieu! mon Dieu! que signifie cette étrange métamorphose! et comment a-t-elle pu s'opérer? Oh! si je parviens à découvrir ce secret, ne serai-je pas plus malheureuse encore que je ne le suis déjà ?

Le lendemain, en se rendant à l'atelier, la jeune fille passa par la rue Richer. Un commissionnaire auquel elle demanda l'hôtel de Bracy le lui enseigna; elle s'arrêta un instant devant cette somptueuse demeure. Les persiennes en étaient hermétiquement closes; Christian n'était pas encore revenu. Il fallait attendre pour mettre à exécution le projet qu'on avait conçu.

Trois jours s'écoulèrent. Les persiennes de l'hôtel ne se rouvraient pas. Christian était toujours absent. Comme compensation, Louise reçut une réponse de Catherine Kerneis. La lettre de la vieille paysanne était remplie de protestations d'affection et de dévouement, mais elle ne renfermait aucun renseignement utile. Catherine n'en savait pas plus que Louise sur l'emploi qu'occupait Christian à Paris. La chère femme disait seulement à la jeune fille que cet emploi était, sans doute, très-lucratif, à en juger par la somme considérable que son fils lui envoyait chaque mois; enfin Catherine terminait en donnant à Louise l'adresse de la personne qui servait d'intermédiaire entre Christian et elle, pour leur correspondance.

Louise demeura pensive en achevant la lecture de la lettre de Catherine : elle ne pouvait douter de la sincérité de cette dernière; quant à se présenter chez la dame dont elle lui donnait l'adresse, à quoi bon? Une telle démarche près d'une personne étrangère ne pouvait avoir d'autres résultats que de compromettre Christian.

Deux jours se passèrent encore; puis un soir, en revenant de l'atelier, Louise aperçut les fenêtres de l'hôtel libres et éclairées. La jeune fille resta longtemps le regard attaché sur cette maison qui renfermait un ingrat qu'on ne pouvait oublier! Un grand combat se livrait alors dans le cœur de Louise entre son amour et sa fierté.

—Accomplirai-je ma résolution? se disait-elle, si cela n'allait servir à rien? s'il me repoussait?...

Oh! dût-il se rire de mes efforts, je veux au moins le revoir, lui parler, l'entendre! je veux qu'il me dise lui-même : « Tu ne t'es pas abusée, je suis bien Christian, le pauvre paysan qui a passé sa jeunesse avec toi! »

Je veux qu'il soit persuadé que je l'aime toujours!...

S'il faut ensuite que je m'éloigne!... s'il est à tout jamais perdu pour moi,.. si, devenu riche et puissant, il ne lui est plus permis d'aimer... ceux qui l'aiment... Je lui adresserai un éternel adieu... et je ne le reverrai plus... et je tâcherai désormais de ne pas trop pleurer en songeant à lui!

Louise, le lendemain matin, au lieu de se rendre comme d'ordinaire à l'atelier en sortant de chez sa tante, prit un cabriolet et se fit conduire rue la Bruyère, chez Mᵐᵉ de Saint-Phar.

<hr>

XV

L'AMOUR REVIENT

Tandis que Louise s'occupait ainsi de lui, Léopold, on le conçoit, songeait aussi à Louise.

Depuis l'aventure de Saint-Maur, Léopold déjà fatigué, nous le répétons, au plus haut degré de sa position, s'était plus que jamais pris à maudire le jour fatal où il s'était jeté, en quelque sorte, au-devant des vœux de Boisfleuri et de la marquise. Il envisageait avec effroi l'avenir qui l'attendait.—Mon Dieu! vous m'avez bien puni de mon orgueil et de mes prières insensées. Je n'ai pas su me contenter du bonheur que vous m'aviez donné et vous

m'avez envoyé des jouissances que j'ai dû payer d'un crime... d'un crime irréparable...

Chère Louise! le hasard l'a mis en face de moi et il m'a fallu répondre à son appel par de froides paroles. Ce nom, le mien, prononcé par elle, à ma vue, après une si longue séparation équivalait à une touchante phrase d'amour et de pardon... elle me reconnaissait... elle me tendait les bras, et, pour ne point anéantir tout d'un coup un édifice élevé à grand'peine, de peur de déplaire ou de nuire à des étrangers, j'ai eu le courage de dire à celle de la tendresse de laquelle je ne saurais douter :

—Je ne suis pas celui que vous pensez! je ne vous connais pas... laissez-moi!

Mais j'avais proféré son nom, à elle, moi aussi. Aura-t-elle voulu croire au démenti que je donnais à son cœur? Quoi qu'on puisse lui dire, Léopold de Bracy n'est-il pas positivement pour elle le paysan Christian Kerneis! Si elle cherchait à me revoir, si elle parvenait à découvrir tout ce qui s'est passé? Ah! malheur alors à Boisfleuri et à la marquise. J'ai résisté une fois, à présent je ne m'en sentirais plus la force.

Telles étaient les pensées qui préoccupaient sans cesse Léopold et le rendaient chaque jour plus sombre, plus mélancolique. La nostalgie, ce mal dont on meurt, s'était jointe encore à son désespoir de vivre éloigné de sa mère et de Louise.

Huit jours s'étaient passés depuis son retour de Saint-Maur, et ces huit jours durant le marquis n'avait pas quitté sa chambre. Mᵐᵉ de Bracy soupçonnait la cause de la tristesse du jeune homme; mais elle n'osait le presser de la lui apprendre: elle avait peur de connaître la vérité. Sosthène, de son côté, s'étonnait de l'obstination de son cousin à se renfermer à l'hôtel quand une foule de plaisirs l'appelaient au dehors. Boisfleuri lui-même commençait à s'alarmer de l'attitude isolée de l'ex-paysan.

—Vous avez tort de vous conduire ainsi, Léopold, lui avait-il dit un jour, vous affligez Mᵐᵉ de Bracy et vous lui donnez à supposer, ainsi qu'à moi, qu'il vous manque quelque chose auprès de nous.

—Je joue mon rôle comme il me plait, avait répondu sèchement Léopold à l'intendant, qu'avez-vous à me reprocher, pourvu que je ne jette pas mon masque? J'ai accepté de devenir un marquis pour vous conserver votre fortune, mais je n'ai pas pris l'engagement de feindre de m'amuser si je venais à me fatiguer de cette comédie! Ne me parlez pas de l'intérêt que vous m'avez porté. Chacun de nous trois, dans cette affaire, a agi dans le seul but de se servir lui-même... continuez donc à vous occuper seulement de vous, et tant que je ne vous desservirai ni dans mes actions, ni dans mes paroles, laissez-moi vivre comme bon me semble.

L'hôtel de Bracy ne respirait guère, on le voit, la gaieté. Les trois personnages qui l'habitaient ne se réunissaient qu'aux heures des repas, encore ne s'entretenaient-ils, alors, que de sujets indifférents. Boisfleuri depuis qu'il avait reçu la profession de foi de Léopold, se tenait à l'écart, se défiant de tout et veillant à tout. Mᵐᵉ de Bracy, entraînée par un sentiment qu'elle sentait s'accroître malgré ses efforts, s'oubliait elle-même pour songer trop souvent à *son fils*... Léopold, enfin, devenait de plus en plus indifférent à ce qui l'entourait... sans se préparer à rien, il semblait qu'il prévît qu'un subit événement allait bientôt changer l'état des choses et qu'il était, par conséquent, tout à fait inutile qu'il se donnât lui-même la peine d'y remédier.

Huit jours s'étaient donc passés depuis l'aventure de Saint-Maur. Léopold se trouvait un soir, après dîner, dans son appartement quand on lui annonça le baron Sosthène de Morière. Sosthène avait, ce soir là, l'air plus joyeux que de coutume.

—Comment vous portez-vous? mon beau rêveur, s'écria-t-il en tendant la main à son cousin, êtes-

Et comme il lui baisait la main.

vous toujours d'aussi sombre humeur qu'a l'ordinaire? Peste! mon ami, vous ne me faites pas honneur, sur ma parole, et vous êtes le premier élève que je trouve aussi rebelle à mes leçons! Vous possédez tout ce qu'on peut désirer : de l'argent, un grand nom, une figure d'élite et vous préférez, au lieu de mettre tout cela à profit, vous cloîtrer chez vous comme un savant ou un poitrinaire!

—Sosthène, fit Léopold, en se tournant d'un air grave vers le baron, j'éprouve la plus vive reconnaissance des peines que vous vous êtes données pour moi. Je vous sais bon, aimable, dévoué et je serais ravi, je vous jure, de vous prouver combien j'apprécie toutes vos qualités... mais vous avez un grand tort, selon moi,—je suis franc, vous le voyez —le tort de prendre trop gaiement la vie et de vouloir forcer les autres à vous imiter. Vous connaissez à fond les ridicules et les vices de la société où s'écoulent vos jours... et vous trouvez bon d'en rire .. libre à vous; mais si celui que vous prenez à votre bras, pour lui faire connaître ce monde qui vous amuse, se refuse à devenir le prosélyte de votre philosophie accommodante, pourquoi vous formaliseriez-vous? Jusqu'à présent j'ai vécu loin de Paris, au milieu de mille jouissances... que je ne puis vous dépeindre... mais qui ne seraient pas, j'en suis sûr, de votre goût! Malgré vous... malgré moi-même, je ne me plairai jamais aux plaisirs que vous désirez que je partage avec vous et vos amis. Ce n'est point que je vous blâme de votre façon de vous conduire et que je méprise le genre de vos lions et les charmes de vos lorettes! j'aurais mauvaise grâce, à mon âge, de me poser ainsi en frondeur! je ne dédaigne rien ni personne... mais je me sens mal à l'aise avec les hommes auxquels vous m'avez présenté et l'instant de folie que j'aie passé près de la femme .. que

vous savez... me semble aujourd'hui si loin de moi, que c'est à peine si je me le rappelle... Ces gens-là ne sont pas faits pour moi ou, plutôt, je ne suis pas fait pour eux. Je refuse donc de m'assujettir à leurs exigences! Traitez-moi de sauvage s'il vous plaît; mais s'il vous plaît aussi de me prouver votre affection, ne contrariez pas mes goûts... vous serez toujours bien reçu comme ami... je récuse vos soins comme conseiller!

Sosthène avait attentivement écouté son cousin; quand ce dernier se tut, le baron s'écria en souriant :

—Qu'il soit donc fait ainsi que vous le désirez, mon ami... et merci à vous de votre franchise ! Cependant, un mot encore avant d'en finir sur ce sujet! Il ne m'appartient pas de chercher à connaître le chagrin que renferme votre âme, mais je puis en déplorer les conséquences; il faut donc que ce chagrin soit bien profond, pour qu'à votre âge..., à vingt et un ans..., vous vous sentiez saisi d'un accès de découragement tel que vous préférez les pleurs dans la solitude aux distractions futiles, sans doute, mais enfin souvent amusantes qui vous sont offertes!

—Vous avez raison, repartit Léopold, mon mal est dangereux... mon mal se nomme l'ennui.

— Quoi! l'ennui! l'ennui! fit Sosthène en frappant des mains, vous vous ennuyez! vous! et c'est là seulement tout votre mal! Allons donc! vous me trompez! ce n'est pas à la tête qu'est votre blessure! s'ennuyer! s'ennuyer! mais il n'y a que les sots qui s'ennuient parce qu'ils ne savent ni s'amuser ni amuser les autres! Allons! allons! Léopold, vous ne voulez pas me dire la véritable cause de votre misanthropie! Votre prétexte est absurde et c'est pour cela que je ne l'accepte pas. Votre mère se désole de votre conduite, ce pauvre Boisfleuri lui-même est

Il reçut une lettre au moment de se rendre à l'église. — Page 38, col. 2,

aussi extrêmement peiné. Prouvez-leur, prouvez-moi qué ce n'est pas un parti pris. Secouez votre torpeur. Laissez là vos soucis et pour commencer suivez-moi ce soir... peut-être me remercierez-vous bientôt de vous avoir en quelque sorte emporté d'assaut! Ce disant, Sosthène s'était levé à son tour, et une expression maligne animait sa physionomie.

—Comment! vous remercier! fit Léopold surpris de la gaieté du baron, et pourquoi donc, je vous prie?

—Oh! je vous laisse le plaisir de la surprise, mon cher! cependant je puis vous apprendre que nous sommes attendus en ce moment par deux dames dont l'une, Mᵐᵉ de Saint-Phar, ne vous connaît que de nom..., dont l'autre... à laquelle il vous est interdit de faire la cour, toutefois, vu qu'elle m'appartient maintenant, vous connaît au contraire, m'a-t-elle dit, très-intimement...

—Et ces deux dames sont....?

—Deux lorettes, mon bon! deux simples lorettes, je l'avoue, mais jolies toutes deux!... oh! surtout celle que vous connaissez!

—Et comment se nomme cette dernière? repartit Léopold en haussant les épaules.

—Mˡˡᵉ Louise de Saint-Ivry.

—Louise de Saint-Ivry!

—Oui! Saint-Ivry me paraît un nom de guerre, mais la dame est née dans ce village... de la Bretagne, je crois... c'est là qu'elle vous a rencontré, et... Sosthène n'acheva pas. Léopold, les yeux hagards, le visage livide, les bras inertes, ressemblait, immobile au milieu de la chambre, à la statue du Désespoir.

—Qu'avez-vous, mon ami? s'écria le baron en courant au jeune homme, ce nom de Louise de Saint-Ivry vous frappe-t-il ainsi?

—Non! non! c'est le hasard, se disait Léopold, ce ne peut être ma Louise... elle! que j'ai vue il y a si peu de jours sous les humbles vêtements d'une ouvrière! Cependant... cette femme me connaît... si c'était elle! si elle avait voulu se venger! Et tout haut, il répondit à Sosthène en lui serrant fortement le bras:

—Et... vous dites que cette Louise de Saint-Ivry est votre maîtresse?

Le baron hésita; il ne s'était pas attendu à l'effet qu'avait produit sur son cousin sa plaisanterie. Un moment il eut envie de lui avouer la vérité; mais la crainte de faire manquer une scène dont il s'était promis un grand plaisir le retint.

—Décidément, pensa-t-il, il a beaucoup aimé cette petite fille, à ce qu'il paraît; mais bah! ce ne peut être, après tout, qu'un caprice!

—Mais répondez donc! répondez donc! cette femme est-elle votre maîtresse? reprit vivement Léopold.

—Mais sans doute, je vous l'ai dit, et je n'ai point pour habitude de me vanter. Qu'y a-t-il d'étonnant là dedans; elle a bien été la vôtre?

Léopold lança un regard terrible au baron; puis il ferma les yeux. Il avait des éblouissements, le vertige. Un instant il voulut sauter sur Sosthène, le tuer; puis il pensa à lui raconter ce qu'il était et ce qu'était Louise, afin de lui imposer par cet aveu une franche réponse. Mais Mᵐᵉ de Bracy! mais Boisfleuri! se disait-il. Si ce n'était pas ma Louise! cependant ce nom de Saint-Ivry accolé au sien! et il tournait sur lui-même comme un homme ivre, comme une bête fauve.

Sosthène le considérait, et il commençait à craindre d'avoir été plus loin qu'il ne fallait.

—Eh bien! fit Léopold en s'arrêtant tout d'un coup devant son cousin, puisque ces dames nous attendent; allons les trouver, j'y consens.... J'accepte leur invitation. Venez! venez! En effet, nous

nous amuserons peut-être beaucoup... Je suis curieux de voir cette Louise de Saint-Ivry... votre maîtresse.

—Léopold, écoutez-moi! repartit Sosthène, que l'état d'exaspération du jeune homme effrayait de plus en plus.

—Non! je n'écoute rien, vociféra Léopold; vous m'avez offert de m'emmener chez ces femmes : il faut que vous m'y conduisiez, il le faut!

Dans toute autre circonstance, le baron n'eût certes pas obéi à une volonté émise d'une façon aussi formelle. Mais il sentait instinctivement qu'il avait commis, sans le vouloir, une faute; il répondit doucement : Je suis à vos ordres, mon ami.

Et les deux cousins sortirent ensemble.

Quelques minutes après, ils arrivaient rue la Bruyère, chez Cœlina,—Mme de Saint-Phar.

XVI

LÉOPOLD REDEVIENT CHRISTIAN

Pendant le trajet de la rue Richer à la rue la Bruyère, Sosthène et Léopold, côte à côte dans la voiture qui les emportait, ne proférèrent pas une parole. Il s'opérait pourtant en eux cette réaction, qu'à mesure qu'ils approchaient du but de leur course, l'un et l'autre se trouvaient plus calmes.

—Si ce n'est pas elle, se disait Léopold, j'ai eu tort de me fâcher ainsi; si c'est elle... m'est-il donc permis de la blâmer d'avoir parlé de moi et... d'être devenue la maîtresse d'un autre? Ne lui ai-je point donné le droit de se venger... moi qui n'ai pas voulu la reconnaître quand elle m'appelait à elle?

—S'il éprouve trop de chagrin, et s'il m'interroge devant elle, se disait Sosthène, je lui apprendrai tout aussitôt. Cette jeune fille est charmante... il l'aime encore et la regrette peut-être... Je le désabuserai si je le vois souffrir.

Par suite de cette espèce de capitulation avec eux-mêmes, Léopold et Sosthène, en posant le pied dans la maison de Mme de Saint-Phar, se prirent le bras pour monter l'escalier, comme s'il ne se fût rien passé d'extraordinaire entre eux. Néanmoins ils continuèrent de garder le silence.

Mme de Saint-Phar demeurait au second; une femme de chambre ouvrit aux deux cousins, et les introduisit après les avoir annoncés.

Léopold et Sosthène, toujours muets, entrèrent dans un salon ; Sosthène tenait la main de Léopold, et il la sentait tremblante et glacée.

Deux dames étaient dans ce salon. Léopold n'en vit qu'une... c'était *elle*, non pas en grande dame comme il s'y attendait avec anxiété, mais telle qu'il l'avait déjà vue à Saint-Maur et sur le boulevard des Capucines... avec son petit bonnet et sa robe de jaconas... Il poussa un gémissement de joie, et s'avança vers elle en chancelant. Il ne songea pas à Sosthène qui venait de lui dire que Louise était sa maîtresse; il ne pensa qu'au bonheur de revoir celle qu'il aimait. Il n'eut qu'un désir : celui de lui parler, de l'entendre. Elle s'était levée à son approche, et pâle, mais impassible en face de lui, elle semblait attendre qu'il lui adressât la parole.

—Louise! Louise! c'est toi! c'est bien toi! balbutia-t-il enfin, ne me reconnais-tu donc pas?

—Vous vous trompez, monsieur le marquis, fit-elle d'une voix sourde, ou plutôt, on vous a trompé; je ne me nomme pas Louise, et je ne vous connais pas.

—Quoi! Louise! que dis-tu?... je ne suis...

Mais Christian—Léopold redevient Christian pour nous désormais,—n'acheva pas sa phrase... il n'en eut pas la force. S'affaissant sur lui-même, il tomba à genoux, la bouche ouverte, l'œil suppliant, les mains étendues, aux pieds de la jeune fille.

Et, à son tour, devant cet immense désespoir, Louise oublia ses grandes résolutions, sa vengeance projetée. Son amant était là, à ses pieds, abattu, brisé...

—Laissez-nous ! laissez-nous ! s'écria-t-elle, en invoquant, d'un geste, Sosthène et Cœlina.

Le baron et la lorette disparurent aussitôt.

—Christian! Christian! je te reconnais! je t'aime! entends-tu, je t'aime toujours!

—Mais lui... cet homme? fit Christian, qui désigna du doigt la porte par laquelle Sosthène venait de sortir, il m'a dit... que tu... lui appartenais.

—Oh! s'écria la jeune fille, pourpre de honte, il a osé... c'est mal, je le lui avais défendu! je voulais te tourmenter un peu, mais non pas te blesser, mon Christian; Cœlina et... ton cousin ont cru qu'il ne s'agissait que d'un jeu; et, pour le rendre plus amusant, à leur sens, ils ont imaginé ce mensonge; mais ce M. Sosthène, je ne le connais pas, je te le promets, je te le jure.

—Tais-toi! tais-toi! Point de serment; je te crois, reprit Christian, qui, dans son ivresse, se rappelait l'hésitation de Sosthène à répondre à cette question qu'il lui avait adressée : « Et vous dites que Louise de Saint-Ivry est votre maîtresse?

—Tais-toi! continua-t-il, je n'ai pas besoin de serments, et je ne puis en vouloir à Sosthène; il ne se doutait pas de tout le mal qu'il me faisait! Je te revois, je suis toujours ton Christian; je ne veux plus te quitter; je ne te quitterai plus.

—Mais...

Le jeune homme devina la pensée de sa maîtresse dans son regard.

—Tu vas tout savoir, fit-il à son tour; ensuite tu m'expliqueras par quel hasard tu es ici... chez cette dame de Saint-Phar, et comment tu as pu apprendre à Sosthène que tu me connaissais. Tu ne leur as pas dit toute la vérité, n'est-ce pas?

—Oh! tranquillise-toi, repartit Louise avec un sourire; je t'ai retrouvé grand seigneur, je t'ai laissé grand seigneur.

—Ce n'est point par orgueil que je te demande cela, reprit Christian; je te prouverai bientôt que je te préfère à ces biens auxquels je t'ai sacrifiée jusqu'à présent. Mais une parole indiscrète aurait pu avoir des suites funestes... J'ai commis une faute, ma Louise, et il me sera peut-être difficile de la réparer.

—Parle! parle donc! s'écria Louise en pâlissant, je t'écoute.

Christian considéra encore sa maîtresse, et après lui avoir couvert les mains et le visage de baisers sans qu'elle songeât à s'en défendre, il commença le récit de ses aventures depuis le jour de sa rencontre avec Boisfleuri. Dans ce récit, Christian abrégea les détails. En peu de mots, Louise fut au courant de tout ce qui s'était passé. Lorsqu'il n'eut plus rien à lui dire, elle se leva les traits bouleversés par la surprise et l'effroi.

—Tu as fait cela, Christian? dit-elle; mon Dieu! je soupçonnais bien quelque malheur, mais je ne le supposais pas si grand! Ainsi te voici lié éternellement à cette marquise? Une main de fer te retient à Paris? Tu as renoncé à la joie d'embrasser jamais ta mère? Bientôt, sans doute, tu vas me fuir de nouveau? sans retour, cette fois! Et c'est pour de l'or, c'est pour te parer d'un vain titre que tu as renié ton pays, ta mère, ton amie!

—Ne m'accable pas, Louise! Si tu savais combien j'ai déjà payé cher mon erreur! Si tu savais que d'ennuis, de larmes, de regrets m'attendaient dans ce Paris vers lequel autrefois ma pensée s'envolait constamment! Mais je t'ai dit que je ne te quitterais plus, et je tiendrai ma promesse. Il faut que demain nous partions tous deux pour Saint-Ivry; je le veux; cela se fera.

—Et quel moyen emploieras-tu pour accomplir ce dessein? La marquise, son intendant, ne s'opposeront-ils pas à ton départ, si tu oses le leur annoncer? Et ne serait-ce pas aussi bien infâme de les abandonner secrètement, quand ils comptent sur ta bonne foi comme tu as compté sur la leur?

Christian réfléchit un instant.

—Rassure-toi, Louise, fit-il, je ne commettrai pour réussir rien de répréhensible, je te le jure, et pourtant, je réussirai, je l'espère. Mais Sosthène et Mme de Saint-Phar doivent s'étonner de la longueur de notre conférence. Il ne faut pas la prolonger. Apprends-moi bien vite où tu as fait la connaissance de cette dame et de mon cousin; je dois dire encore mon cousin.

—Mme de Saint-Phar était, il y a peu de temps, ouvrière comme moi chez Mme Bellard, repartit Louise. Un jour elle quitta l'atelier, et malgré ses pressantes invitations, je refusai dès lors de continuer notre liaison. Je n'ignorais pas à quel prix elle achetait sa nouvelle fortune. Je pensais toujours à toi, Christian, et, quoique forte contre la tentation, je ne voulais pas, si je te retrouvais jamais, que tu pusses me reprocher l'ombre même d'une faute: l'amitié d'une femme indigne de moi. Je n'avais pas revu Cœlina depuis un mois, lorsque, par un hasard étrange, le jour même où je me trouvai en face de toi à Saint-Maur, comme je m'en revenais désolée, éperdue à Paris, je me rencontrai sur la route avec mon ancienne amie; elle m'obligea à prendre place à côté d'elle, dans sa calèche. Cœlina était accompagnée d'un monsieur. Il m'adressa plusieurs questions auxquelles je répondis d'abord à contre-cœur; mais bientôt... je l'écoutai attentivement: il me parlait de toi, de M. Léopold de Bracy, son cousin. Oh! vois-tu, Christian, je me croyais alors le jouet d'un songe! Toi, un marquis? toi, le fils d'une grande dame? Toi, riche? vivant à Paris après avoir passé ta jeunesse à voyager? Je ne pouvais récuser le témoignage de mes yeux; je t'avais reconnu! N'avais-tu pas d'ailleurs aussi prononcé mon nom à mon aspect? Il me fallait à tout prix sortir de cette perplexité affreuse; j'y serais morte! Cependant je ne savais à quel parti m'arrêter; j'écrivis à ta mère. mais elle ne connaissait pas plus que moi la vérité. Je n'osais me présenter à ton hôtel: « Sa mère, ses domestiques me chasseront, » pensai-je. « S'il a commis quelque action coupable, il doit y avoir été poussé par d'autres, et en admettant qu'il ne me méconnaisse pas une seconde fois, ceux qui l'entourent ne mettront-ils pas tous leurs efforts à l'empêcher de me confier la vérité! » Que te dirai-je? Je pris une résolution qui me coûta beaucoup: je vins ici, près de Cœlina; je lui contai une fable... que je t'avais aimé en province, que je désirais te revoir. Je la priai d'intercéder en ma faveur auprès de M. Sosthène, pour qu'il parvînt à t'amener près de moi. M. Sosthène se présenta justement comme je me trouvais chez Cœlina. Elle lui fit part de mes confidences, de mes désirs, de ma douleur au sujet de ma rencontre à Saint-Maur avec le marquis, qui avait refusé de me reconnaître. M. Sosthène ne parut point surpris de ce qu'on lui apprenait.

—Je pensais bien, s'écria-t-il, mademoiselle, que votre émotion en m'entendant parler l'autre jour de mon cousin, provenait de quelque tendre motif. Pardonnez-moi de vous avouer cela. Léopold est un monstre de vous avoir abandonnée, et il mérite plus de reproches encore de s'être enfui en vous retrouvant à Saint-Maur.

Et comme je rougissais à ces mots, prononcés d'un ton léger, M. Sosthène reprit plus sérieusement:

—Vous avez bien fait de vous adresser à nous, mademoiselle, nous ramènerons l'infidèle à vos pieds, je vous le promets! et pour le punir, si vous voulez!... nous lui dirons... oui, ma foi, nous lui dirons d'abord... que plus heureux que lui, parce que nous savons mieux l'apprécier, nous possédons maintenant votre amour...

—Non! non! ne lui dites pas cela!... monsieur! m'écriai-je avec épouvante.

—Calmez-vous, mademoiselle, continua-t-il en souriant, puisque vous me le défendez... nous ne vous vengerons pas ainsi... Mais sous quel nom parlerai-je de vous à mon cousin... sans le lui dire tout entier, il est pourtant urgent qu'il le devine... je vous préviens que ce cher Léopold est assez morose depuis environ deux mois... et je crois qu'il faudra quelque chose de stimulant pour l'arracher à son apathie?...

—Dites-lui que vous connaissez mademoiselle Louise de Saint-Ivry, répliquai-je. C'est à Saint-Ivry, en Bretagne, que nous nous sommes aimés et j'espère qu'il ne demeurera pas insensible à ce souvenir.

Je n'avais pas tort d'espérer, n'est-il pas vrai, mon ami? Le nom de ce village où nous avons vécu si longtemps ensemble ne pouvait te trouver insensible... joint à celui d'une femme que tu n'avais pu oublier, j'en étais sûre, en dépit de ton indifférence apparente? Tu sais le reste; M. Sosthène a cru pouvoir se permettre, quoique je le lui eusse interdit, ce qu'il considère comme une simple plaisanterie... ne lui en veuille pas!

—Lui en vouloir! à lui qui m'a ramené près de toi! ma Louise, oh!... Christian se tut... la porte du salon s'ouvrait; Sosthène et Cœlina apparurent sur le seuil.

—Eh bien! mes beaux amoureux, cria Sosthène, sommes-nous raccommodés? Vous a-t-il bien convaincue qu'il vous aimait toujours, ma charmante Louise?... moi, d'après ce que j'ai vu quand vous vous êtes avisée de ne point le reconnaître, je le crois fou, mais fou à lier, de vos charmes! Et vous, mon bon cousin, m'excuserez-vous de m'être approprié un trésor qui n'a jamais cessé de vous appartenir? j'en mettrais ma main au feu!

—Je suis si heureux que je n'ai pas même la force de me souvenir d'une plaisanterie... qui m'a néanmoins bien torturé un instant!...

—Prouvez-moi donc votre longanimité en me contant vos amours avec cette jeune fille, reprit le baron à l'oreille de Christian. Franchement, j'aurais besoin encore de quelques éclaircissements...

—Vous saurez tout demain.... demain, vous m'entendez? A huit heures du matin je serai chez vous, Sosthène.

—A huit heures! fit Sosthène, mais je dors à cette heure-là, mon cher!

—Il faudra donc que vous vous éveilliez pour m'entendre, reprit gravement Léopold. Et, à présent, pardonnez-nous, mon ami, et vous aussi, madame, notre départ précipité, mais Louise et moi nous avons encore tant à nous dire...

—Comment! vous voulez déjà nous quitter! s'écrièrent à la fois Sosthène et Cœlina.

—A moins que Louise ne s'y oppose? repartit Christian en jetant un regard sur la jeune fille.

Mais elle s'était déjà levée et, rougissante, elle répondait:

—Je suis prête à vous suivre, monsieur Léopold.

—Allons! reprit Mme de Saint-Phar, puisque l'on ne peut vous retenir, au revoir donc, mes tourtereaux...

Et tout bas elle ajouta:

—Car tu reviendras, n'est-il pas vrai?... tu connais le chemin, maintenant... tu reviendras avec *lui.*

Louise secoua la tête d'un air de doute; Christian était près d'elle... il l'attendait...

—Adieu! fit la grisette en embrassant la lorette.

—A demain, fit le paysan en serrant la main au baron.

Quelques minutes après nos deux amants s'en allaient, bien pressés l'un contre l'autre, passant sans les voir, sans les entendre, au travers de cette foule d'oisifs qui, par les belles soirées d'été, foulent l'asphalte des boulevards. Ils se disaient : Je t'aime ! je t'aime ! toujours « je t'aime ! » Le trajet de la rue la Bruyère au boulevard du Temple leur sembla si court qu'ils eurent presque envie de le recommencer pour se livrer plus longtemps à cette conversation d'une délicieuse monotonie. Mais l'heure était avancée... il fallait se quitter... Christian déposa un chaste baiser sur la joue de sa maîtresse, puis il prononça, d'un ton solennel, ces paroles :

—Reste demain chez toi toute la journée, Louise, à m'attendre... et dispose-toi à partir, le soir même, pour notre pays... tu m'entends ?

—Mais... si tu n'allais pas réussir? fit Louise qui n'osait croire à un succès si prompt.

—Oh ! je réussirai, sois tranquille ! répondit Christian. Ou je mourrai à la peine, ajouta-t-il quand Louise eut disparu.

XVII

LES ADIEUX

Il était près de midi ; Mᵐᵉ de Bracy se trouvait dans son boudoir ; à demi couchée sur une méridienne, elle tenait un journal à la main, mais elle ne lisait pas... ses yeux fixés sur la pendule exprimaient l'inquiétude et de temps à autre ses lèvres proféraient ces mots :

—Il ne revient pas ! où donc est-il ?

Nous avons dit que Christian, depuis son arrivée à Paris et son installation dans l'hôtel de Bracy avait contracté l'habitude, dictée autant par la politesse que par la reconnaissance, d'aller chaque matin, sur les dix heures, présenter ses devoirs à la marquise. Ce jour-là Léopold ne s'était point rendu chez Mᵐᵉ de Bracy et le fait était d'autant plus pénible pour cette dernière qu'elle n'avait pas vu le jeune homme de la soirée, la veille, et qu'elle savait qu'il avait passé cette soirée hors de l'hôtel.

—S'il lui était arrivé encore quelque malheur ! se disait-elle ; oh ! il faut qu'un motif puissant l'ait entraîné ainsi loin de chez lui ! Le matin du duel, comme aujourd'hui, je ne l'ai pas vu ! Midi sonna... au tintement redoublé du timbre Mᵐᵉ de Bracy tressaillit... Mais, tout à coup elle poussa une exclamation de joie : la porte du boudoir s'était ouverte et un domestique annonça M. le marquis.

Mᵐᵉ de Bracy courut au-devant de son fils.

—Quoi ! Léopold ! s'écria-t-elle, me faire attendre ainsi ! oh ! je vous en veux beaucoup... je suis furieuse contre vous !

Christian sourit doucement en déposant un baiser sur la main qu'on lui tendait tout en lui adressant ces reproches. Les yeux du jeune homme brillaient d'un feu extraordinaire, et, pourtant, son visage était pâle.

—Qu'avez-vous donc, mon ami, reprit la marquise, à laquelle ce trouble n'échappa point, mes craintes seraient-elles fondées ? Vous serait-il arrivé encore quelque fâcheuse aventure ?

—Non, madame, répondit Christian d'une voix grave, c'est l'âme gonflée de bonheur, au contraire, que je me présente à vous...

—Du bonheur ! et comment pouvez-vous être heureux sans que votre mère le sache, Léopold ?

Christian invita Mᵐᵉ de Bracy à s'asseoir ; elle obéit et il prit place à ses côtés.

—C'est pour vous instruire de la cause de mon bonheur que je viens vous trouver, madame, reprit-il... je viens aussi vous supplier de n'y point mettre d'entraves...

—Je ne vous comprends pas, Léopold, fit la marquise, instruisez-moi donc bien vite ! Mais, d'abord, ajouta-t-elle avec une tendresse inquiète, si vous voulez que je vous écoute attentivement, quittez ce ton de froideur qui me blesse !... Madame... pourquoi : madame? Ne suis-je donc plus votre mère, mon ami ?

Christian hésita une seconde... enfin il répliqua :

—Vous vous êtes toujours montrée envers moi bonne comme une mère, madame, et, dans mon cœur je ne cesserai jamais de vous appeler ainsi... mais... désormais...—et il accentuait chaque syllabe,—je dois garder pour... une... autre ce doux titre que vous daignez réclamer... vous n'êtes plus pour moi qu'une grande et noble dame des bontés de laquelle je conserverai un éternel souvenir... je ne dois plus être pour vous Léopold de Bracy, votre fils... mais Christian, le paysan, votre protégé...

—Qu'entends-je ! s'écria la marquise en reculant sur son siége, qu'entends-je ! Que signifie ce langage ?

—Cela signifie, madame, reprit Christian plus rapidement, que je vous remercie des biens dont vous m'avez comblé et que je renonce à ces biens ! Cela signifie que je ne veux pas, que je ne puis pas tenir plus longtemps une place qui n'est pas la mienne... parce que je m'y trouve mal à l'aise... que je m'y ennuie... que j'y meurs ! Cela signifie qu'il faut que je retourne dans mon pays, près de ma mère... de ma véritable mère qui pleure et se meurt aussi, peut-être, loin de moi ! Cela signifie enfin que j'ai retrouvé hier celle que j'ai jadis lâchement abandonnée, et que je veux, à force d'amour, racheter ma faute à ses genoux...

—Ah ! fit Mᵐᵉ de Bracy en dardant un regard de hyène sur Christian, ah !... c'est donc cela !... cette Louise !... vous l'avez revue ! c'est pour elle que vous voulez me quitter !

—Oui, madame, c'est parce que j'aime Louise et que je ne puis être heureux que près d'elle que je suis forcé de vous quitter !

—Et vous osez m'avouer cet amour, misérable !

A ce cri échappé des lèvres de la marquise, qui s'était dressée devant lui, livide et frissonnante, Christian demeura glacé d'horreur. Il y avait tant de haine et de rage dans la physionomie de cette femme qui parlait de Louise que Christian eut peur de deviner une vérité terrible.

—Oh ! je me trompe ! c'est impossible ! pensa-t-il.

Et tout haut il répondit, mais sans regarder la marquise :

—Pourquoi n'aimerais-je pas Louise, madame ? Nous avons été élevés ensemble... je suis du peuple comme elle ! ce dont le marquis Léopold de Bracy aurait pu rougir devant vous, Christian Kerneis a le droit de l'avouer sans honte !

—Comment ! balbutia Mᵐᵉ de Bracy en saisissant le jeune homme par le bras, tu oses m'avouer cet amour !... à moi ! Christian ! à moi...

—Et pourquoi non, madame? puisque bientôt je vais vous quitter... puisque c'est pour vous adresser mes adieux que je me trouve ici?

—Me quitter ! tes adieux ! reprit la marquise presque en démence, mais je te défends de me quitter, entends-tu? je te défends de partir ! Cette Louise... je la tuerai ! je la ferai tuer !

—Madame ! madame ! revenez à vous ! écoutez-moi un instant encore ! s'écria Christian qui se leva à son tour ; vous ne savez pas tout ! votre position restera la même... j'ai tout prévu... vous vous méprenez sur les suites de ma résolution, aucun danger ne vous menace ! Si je m'éloigne, un autre prendra ma place et cet autre s'est engagé à vous laisser vos richesses... votre honneur !

—Eh ! que m'importent mes richesses ! mon honneur ! C'est toi que je veux ! Je te défends de te séparer de moi ! repartit la marquise d'une voix haletante ; je te le répète, Léopold, tu ne partiras pas, parce que... parce que...

—Parce que vous avez juré de nous consacrer votre

vie, et que tant que je serai de ce monde, je vous empêcherai bien, mordieu ! de trahir votre serment.

C'était Boisfleuri qui s'exprimait ainsi. Il venait d'entrer tout d'un coup et, à sa vue, la marquise et Christian étaient demeurés tous deux interdits.

—Madame la marquise, ajouta d'un ton plus doux Boisfleuri en s'adressant à cette dernière, une autre fois, avant de vous engager dans une discussion de ce genre, fermez vos portes et faites en sorte que vos domestiques ne puissent entendre ce qui se passe chez vous. Je ne sais pourquoi je prévoyais quelque chose de semblable à ce qui arrive. J'ai donc prudemment fait ce que vous deviez faire, madame ; de ma fenêtre j'avais vu rentrer à l'hôtel M. le marquis, et je m'étais effrayé de son air sombre. J'ai appris bientôt qu'il s'était rendu près de vous, et je me suis senti pris du désir de savoir, sans être ostensiblement de la confidence, ce qu'il avait à vous conter. Pour accomplir mon projet, j'ai d'abord renvoyé tout le monde de vos appartements, madame, puis... ma foi ! pourquoi mentirais-je ? j'ai écouté aux portes, et cela m'a servi, vous le voyez, puisque j'arrive à temps pour mettre la paix entre une mère... qui se laisse entraîner à un mouvement de colère irréfléchie, et un fils... qui méconnaît les égards qu'il doit à sa mère.

Tandis que Boisfleuri parlait, Christian avait peu à peu recouvré son sang-froid. Lorsque l'intendant se tut, le jeune homme, avant de répliquer, sembla se consulter mentalement. Quant à Mme de Bracy, elle avait à peine prêté attention aux paroles de Boisfleuri, tant elle était exaspérée de ce qui venait de se passer entre elle et Christian, et à peine le nouveau venu eut-il terminé son discours qu'elle s'écria en se tournant vers lui :

— C'est bien ! Boisfleuri ; vous avez eu raison d'entrer. Je vous sais gré d'être accouru à mon aide. Vous dites vrai, monsieur ne doit pas partir ; il ne doit pas trahir son serment. Nous nous opposerons à ce qu'il nous abandonne, moi par ma volonté, vous... eh bien ! vous, s'il le faut, par la force !

—Comptez sur moi, madame, repartit Boisfleuri ; tant qu'il me restera une goutte de sang dans les veines, je saurai bien empêcher M. le marquis de commettre... une lâcheté !

—Une lâcheté ! fit Christian, dont le visage se couvrit à ce moment d'un vif incarnat. Savez-vous bien, monsieur, qu'une telle insulte mériterait, si je n'avais pour vous quelque amitié, un châtiment exemplaire ?

En parlant ainsi, Christian s'était avancé, le sourcil froncé, les mains crispées, sur l'intendant.

—Des menaces, mon cher monsieur ? reprit ce dernier sans s'émouvoir de ce mouvement ; allons donc ! A quoi bon ? Admettons que le terme que je viens d'employer soit un peu risqué, à coup sûr cela n'atténue en rien la déloyauté de votre conduite !

—Et qui vous dit que je me sois conduit d'une façon déloyale ? J'ai accepté votre offre de vous accompagner à Paris, dans cet hôtel, sous un faux nom, parce que j'attendais de l'exécution de ce crime un bonheur que je rêvais depuis longtemps. Mais mes rêves étaient ceux d'un fou ; je l'ai reconnu bien vite, et je veux reprendre ma raison. Mais tout en m'occupant de moi-même, je n'ai pas méconnu mes devoirs d'honnête homme. En m'éloignant pour retourner en Bretagne, je ne laisse pas derrière moi le souvenir d'une mauvaise action ! Je vais rejoindre ceux que j'aimais jadis et que je n'ai pu oublier ; mais je ne sacrifie pas pour cela ceux que j'aime maintenant ; je veux...

—Vous ! nous aimer ! interrompit avec fureur Mme de Bracy, vous mentez, monsieur ! Vous ne nous aimez pas ! Autrement, penseriez-vous à nous fuir à l'aide de quelque ruse impossible ?

—Madame a raison, reprit Boisfleuri en ricanant ; parce que vous avez retrouvé quelque petite fille de votre pays, mon cher, ce n'est pas un motif pour nous imposer une rupture qu'il serait impossible, je le dis aussi, d'accomplir sans danger.

—Madame, et vous, monsieur, fit Christian de plus en plus blessé du langage de cet homme et de cette femme, qui semblaient prendre tous deux à tâche de lui faire sentir le poids de sa chaîne, vous outrepassez singulièrement le pouvoir que vous croyez posséder sur l'obscur paysan élevé par vos mains, vous devriez vous rappeler, vous, madame, et vous, monsieur l'intendant, qu'entre complices d'un même crime il y a la plus grande égalité. Je ne vous reconnais pas le droit de me commander. Il me plaît de me séparer de vous, et je me séparerai.

— Et moi je vous répète que vous resterez ici, dans cet hôtel ! repartit Boisfleuri d'un ton railleur, parce que je vous défends !... je vous défends, entendez-vous, d'en sortir ! Je vous répète que vous ne vous séparerez pas de nous, eussiez-vous mille amourettes en tête, fussiez-vous dévoré d'une nostalgie qui vous rendît diaphane comme un parchemin !

—Puisque vous le prenez ainsi, répliqua Christian d'une voix saccadée, puisque je ne dois plus voir en ces lieux des amis au sort desquels j'ai religieusement veillé en m'occupant du mien, mais des geôliers qui s'obstinent à me retenir en prison, je laisse à un autre le soin de vous éclairer sur ma conduite, et je vais partir à l'instant !

—Ce sera donc après m'avoir passé sur le corps ! s'écria Boisfleuri, qui, aveuglé par la colère, se plaça contre la porte du boudoir.

—Soit ! si vous m'obligez à cet acte de violence, repartit Christian en s'avançant d'un pas résolu sur Boisfleuri.

A la vue de ces deux hommes prêts à engager une lutte odieuse, Mme de Bracy revint à elle...

Mais déjà Christian avait, d'une main vigoureuse, saisi Boisfleuri par le bras... Celui-ci s'était débattu vainement en essayant de prendre l'offensive... Lancé de côté avec une force à laquelle il ne s'attendait guère, il était allé, en tournant sur lui-même, tomber à quelques pas.

Et Christian avait ouvert la porte du boudoir...

Mais, au même instant, il reculait et demeurait immobile.

Le baron de Morière était devant lui.

Quoiqu'il eût certainement dû entendre le bruit de la querelle qui venait d'avoir lieu, Sosthène, en entrant dans le boudoir, feignit de ne point s'apercevoir du désordre qui y régnait.

Mme de Bracy était en face de lui, pâle, atterrée...

A quelques pas d'elle se tenait Christian.

Un peu plus loin enfin, Boisfleuri, qui s'était promptement relevé, restait comme cloué au parquet, l'œil hagard, la bouche béante... Cependant, l'intendant, ainsi que la marquise, à l'apparition de Sosthène, avait senti une pensée surgir dans leur esprit. Ce moyen de concilier le présent avec le passé et l'avenir, ce moyen sur lequel ils n'avaient pas permis à Christian de s'expliquer, c'était Sosthène qui devait aider à le mettre en œuvre.

Le baron s'inclina devant la marquise, lui prit respectueusement le bout des doigts et les effleura de ses lèvres.

Puis il s'exprima ainsi :

—Pardonnez-moi, ma tante, d'entrer sans me faire annoncer... mais je n'ai point rencontré de domestiques pour remplir cet office, et, dans les circonstances présentes, j'ai cru pouvoir me permettre de passer sur les lois ordinaires de l'étiquette.

J'ai peu de chose à vous dire, ma tante, mais il est indispensable pourtant que je vous parle...

Je sais tout... monsieur Christian m'a tout appris il y a quelques heures.

Sosthène appuya sur ces mots : *monsieur Christian*.

La marquise et Boisfleuri tressaillirent.

—Je me présente donc, maintenant, pour vous adresser un reproche, un serment et une prière, continua Sosthène.

Ce que je vous reproche, c'est d'avoir douté de moi ! Vous me connaissiez peu, il est vrai, mais avant de vous engager dans une entreprise hasardeuse, il fallait me voir... m'entendre... Vous eussiez été bientôt convaincue que, quoique grand amateur de plaisirs et assez mal, je ne le nie point, dans mes affaires, je ne voudrais pas, pour des mines d'or, commettre une indignité.

Ce que je vous jure sur l'honneur, c'est d'oublier, dès ce moment, ce que l'on m'a appris.

Léopold de Bracy sera, ce soir, pour le monde comme pour moi, parti en voyage.

Seulement, je saurai comme vous, madame, de plus que le monde, que le marquis ne reviendra jamais.

Mᵐᵉ de Bracy laissa échapper un gémissement.

—Mais la connaissance de ce secret ne m'autorisera à rien de répréhensible, rassurez-vous.

Rien ne sera changé dans ce qui existe... Vous garderez votre hôtel, votre fortune... Je garderai ma liberté !

Mᵐᵉ de Bracy, sans répondre se laissa tomber sur un siège.

Mais Boisfleuri qui était complétement revenu à lui tandis que Sosthène parlait, s'approcha de ce dernier et lui dit : Vous pouvez nous perdre ou, du moins, nous punir par de dures conditions... et vous préférez user de générosité envers nous, monsieur !

vous dites vrai... M. Christian peut partir dès à présent !... Quant à moi je n'ai plus qu'un regret : celui de m'être rendu coupable d'une faute inutile !

—Adieu donc à vous, adieu pour toujours !... fit Christian, je vais dans ma douce obscurité, oublier que j'ai été fou un instant... mais votre souvenir ne me quittera jamais...

En prononçant ce dernier adieu, Christian s'agenouilla pieusement devant Mᵐᵉ de Bracy... Et comme il lui baisait la main, sans avoir le courage d'ajouter une parole, le jeune homme sentit une goutte d'eau brûlante lui tomber sur le front. Ce fut ainsi que répondit la marquise à l'adieu de Christian.

Cinq jours après Louise et Christian, revêtus de leur costume campagnard, étaient de retour à Saint-Ivry.

Catherine ne demanda point d'explications à Christian : elle était radieuse de le revoir... que lui importait le reste ? ..

Quinze jours après nos amants se mariaient.

Le jour même du mariage, au moment de se rendre à l'église, Christian reçut de Paris un paquet cacheté.

Il pâlit en déchirant l'enveloppe de ce paquet.

Puis il rougit... il venait d'apercevoir une petite liasse de billets de banque... il y en avait soixante... et une lettre.

La lettre contenait ces mots :

« Je ne veux pas que celui que j'ai appelé mon fils ait quelque chose à désirer dans la position qu'il a choisie. »

FIN DES DEUX MÈRES.

ROSE ET BLEUE

PAR OCTAVE FÉRÉ.

A défaut d'autre mérite, l'anecdote qu'on va lire a celui de la plus grande authenticité et de l'actualité, car elle est arrivée un dimanche du dernier mois d'août. Ce jour-là je m'en allais à Saint-Etienne, ce grand village qui n'a qu'une rue, mais une rue si longue que les pauvres piétons, harassés quand ils arrivent à moitié, s'asseyent sur une borne, désespérant d'en voir la fin. Saint-Etienne est un des endroits les moins fréquentés des environs de Rouen, par la jeunesse du dimanche, celle qui se compose des étudiants, des clercs de toute espèce, et des commis marchands. Il n'y va guère que quelques couples égarés qui ont, pour cette fois, sacrifié la danse à des plaisirs moins bruyants et plus discrets.

Quant à moi, j'y allais faire une visite de demi-cérémonie, ce qui était une moitié de trop.

Le hasard avait placé, dans l'omnibus, deux jeunes filles, dont les deux jolis visages étaient précisément en face de moi, et dont mes genoux touchaient les genoux. Elles n'avaient pas vingt ans.

La première était une gracieuse enfant, toute blonde, à la peau bien blanche, aux yeux bien bleus, dont les traits mignons étaient merveilleusement encadrés dans des cheveux bouclés à l'anglaise, elle avait un léger chapeau garni de fleurs très-simples et très-fraîches, une écharpe de soie noire, une robe de jaconas dont le fond blanc était parsemé de petits dessins d'un bleu clair.

L'autre était plus grande, plus forte, ses traits parfaitement réguliers et très-expressifs en eussent fait un précieux modèle pour un peintre; elle portait ses cheveux bruns en bandeaux très-lisses sur les tempes, ses grands yeux avaient tout un langage dans un regard, un léger duvet faisait ressortir sa lèvre supérieure. Elle avait pour coiffure une capote de gaze ou de soie très-transparente, ornée comme le chapeau de sa compagne, de fleurs du meilleur goût, une écharpe noire aussi, et une robe de mousseline blanche à dessins roses. Vous allez bientôt savoir pourquoi je vous fais des portraits si minutieux. Il y avait sur la figure de ces deux jeunes filles, une si véritable, une si complète expression de joie que le front le plus soucieux devait perdre sa sévérité rien qu'à les regarder. Elles échangeaient à voix basse, de temps en temps, quelques mots qui semblaient redoubler leur plaisir, et l'on eût dit qu'elles étaient impatientes de la lenteur de notre véhicule. Il était facile de deviner que ce qui les attendait là-bas était une partie brillante et dorée comme le beau soleil qu'il faisait ce jour-là.

Je n'avais rien de mieux à faire, aussi je me mis, à l'aide de tous les souvenirs d'une étude que j'avais faite autrefois, à analyser et à raisonner les traits de ces deux physionomies; et j'étais vraiment heureux de voir comme tous leurs contours, comme toutes leurs lignes s'harmonisaient pour décéler au milieu d'une insouciante frivolité les plus belles qualités du cœur cachées sous cette écorce légère, et plus belles encore parce qu'elles s'ignoraient plus complétement. Je l'avoue, si quelque fait fût venu démentir ce que ma science conjecturale m'avait appris, j'aurais été tout affligé, tant j'avais de plaisir à voir tant de bonnes choses réunies à tant de choses jolies. Il m'importait peu après cela de savoir ce que faisaient mes deux compagnes; cela se devinait de reste; et d'ailleurs le hasard vint encore à mon aide, et la robe bleue, qu'on me permette de désigner ainsi celle qui portait ce vêtement, ayant tiré un de ses gants, les piqûres de ses petits doigts me dirent sa profession.

J'en étais là de mes observations, dont celles qui en étaient l'objet ne se doutaient guère, et nous nous trouvions en pleine campagne, environ à moitié route de notre destination, quand un petit accident arriva au timon de la voiture et força d'arrêter. Tandis que les conducteurs dételaient les chevaux et remettaient les choses en état, une femme, que nous n'avions pas aperçue d'abord, se leva lentement de derrière un buisson, au coin du chemin, et s'avança vers nous. Elle portait dans ses bras un enfant à la mamelle, aux traits si flétris, au teint si hâve, si creux, si cadavéreux, qu'on s'étonnait qu'une poitrine battît sous cette enveloppe; à ses côtés étaient deux autres enfants, plus jeunes, couverts de haillons aussi, dont on n'aurait pu dire le sexe, tant la misère, la nécessité les avaient défigurés. Des larmes s'étaient séchées le long de leurs joues, et ils n'avaient plus la force d'en verser sans doute, mais ils se traînaient en poussant des soupirs étouffés; quant à leur mère, il n'y a pas de plume pour exprimer la poignante et amère douleur qui contractait en ce moment sa figure, que bien des maux pourtant avaient déjà hideusement étiolée. Elle restait immobile devant nous, attendant une aumône, quelques sous pour disputer à la faim ses enfants. Il n'y eut qu'un mouvement parmi les quatorze personnes qui remplissaient la voiture; mais, égoïstes que nous étions, c'est à peine si nos quatorze offrandes suffisaient à fournir un repas de pain et d'eau aux malheureuses créatures. Mes deux voisines avaient saisi cette misère du premier

Elle portait dans ses bras un enfant à la mamelle. — Page 39, col. 2

coup d'œil ; celle qui avait la robe rose fit un signe à sa compagne, et de son mouchoir brodé tomba dans la main de la mendiante, contenant et contenu, une bourse en soie violette, brodée de perles, et qu'à son ampleur je reconnus devoir contenir au moins les économies d'une semaine. Je ne me trompais pas, c'était le petit pécule des deux amies... et de deux autres personnes encore. La robe rose porta alors les yeux sur une petite bague qu'elle avait au doigt, son seul bijou ; il y eut une seconde de réflexion, puis, avec un mouvement de tête et d'épaule que j'interprétai ainsi :

— Ah ! bah ! il m'en donnera une autre !

Elle envoya l'anneau rejoindre la bourse.

L'expression de plaisir qui jusque-là avait brillé sur le front des deux voyageuses, se modifia et devint du bonheur. Mais bientôt ; car en affectant la physionomie la plus indifférente de tous les voyageurs, seul je n'avais rien perdu de ce petit drame, je vis la robe rose tourner la tête vers sa compagne d'un air inquiet ; celle-ci la comprit ; il passa sur leur figure comme un frisson ; elles pâlirent, puis rougirent jusqu'au blanc des yeux dix fois en un clin d'œil ; je m'aperçus alors que le conducteur faisait la recette.

— Elles n'avaient pas gardé de quoi payer leur place. Oh ! si vous eussiez vu comme elles étaient malheureuses ! Leur tour allait venir ; elles allaient déjà bal-butier quelques mots à l'impitoyable caissier, quand je lui fis glisser la modeste somme qui leur manquait.

— Pour trois, lui dis-je, en désignant les deux voyageuses. Puis, voyant que leur embarras n'avait fait que changer d'objet, je me penchai vers elles : — C'est l'argent que vous avez donné pour moi à la mendiante, il faut bien payer ses dettes. — Alors elles rougirent plus fort encore ; mais leur regard devint si éloquent, il peignait une telle gratitude, qu'il me sembla qu'il était fort heureux que le voyage touchât à son terme.

Deux jeunes gens attendaient les voyageuses à la station ; elles sautèrent en riant à bas de la voiture ; elles expliquèrent en un mot à leurs compagnons leur charitable mésaventure ; je m'aperçus qu'ils me cherchaient des yeux, et je les évitai, tout en continuant à les observer. Bientôt tous quatre reprirent à pied, en riant aux éclats, le chemin de la ville, pour aller dîner sans doute à leur modeste restaurant d'habitude, puisque tout leur trésor avait disparu.

Un seul des noms de ces deux jeunes filles arriva jusqu'à moi ; mais je ne le dirai pas ici ; il ne faut pas profaner le nom des anges, et comme cette note peut tomber sous les yeux de celles qui en sont les héroïnes, je me garderai bien d'afficher ce nom dans un article de journal : quand on est aussi bonne, on doit être si modeste !

FIN.

www.ingramcontent.com/pod-product-compliance
Ingram Content Group UK Ltd.
Pitfield, Milton Keynes, MK11 3LW, UK
UKHW020038080726
13614UKWH00004B/1834